亦舒作品

亦舒
作品
13

亦舒 著

朝花夕拾

目录

朝花夕拾

一 _001

塑胶心脏、金属骨骼，什么都可以，
但要我变成一束电波，我还真的不干。

二 _015

我是地球人，走错空间，
来到这个年代。

三 _039

巧克力含一种化学分子，
当人堕入情网，
他的脑子会分泌同样的分子。

四 _065

年轻人没有一天不笑上十次八次的，
烦忧那么远，生活是享受，
没有什么了不起的事。

五 _093

生命这么短，
哪儿容得浪费？
光阴宝贵。

朝

花

夕

拾

六 _119

女人最不好就是这一点,
得宠的时候立刻骄矜,
失运时马上紧缩求全。

七 _153

任何人都敌不过时间大神,
全人类得乖乖听令于它。

八 _187

男人真正关心女人的时候,
会有些什么自然的表现,
这是本能,这是天性,
所谓做不到,即爱得不够。

九 _211

"生命只需好,不需长。"
从前不会明白这个话,
现在如同身受。

十 _235

我是不得不回来。
我是不得不走。
我们是不得不被拆散。

塑胶心脏、金属骨骼,什么都可以,
但要我变成一束电波,我还真的不干。

都公元二〇三五年了,世情仍然没有变化,人类仍然落后,女人的生活仍然乏善足陈,母亲们仍然唠叨,孩子们仍然反叛,生命的意义犹待发掘。

今日,跟一切日子一样,奇闷无比。

与配偶在一起已有十年,他不是不好,亦不是好,并不见得很爱我,也不见得完全不关心我。据说亘古以来,男女只要在一起生活超过一段日子,大家便会面目模糊起来,变成这个样子。科学略为进步,并不足以改良男女关系。

昨日我们又大吵一场。

孩子们各自躲在房内,反正有电脑做伴,不出来也罢。我胡乱吃些东西,挨至今日,待他出去了才起床,原以为可以清静一下子,谁知母亲来了。

我跟母亲的关系并不密切,很多重要的话都不跟她说,免她担惊受怕。她有点神经衰弱,又缺乏安全感,因是个孤儿,自幼缺乏精神寄托。

我很爱她,有时觉得她比我天真纯朴,她比我小。

她是绝无仅有的古典派:不肯剪短头发,不肯吃牙膏餐,不肯用机械手臂做家务,反对胚胎在母体外孕育……什么都看不顺眼,跟自己过不去。

她穿着又贵又麻烦的天然衣料,胸上惯性地别着一只钻石胸针。

钻石,不过是碳的同素异形体。早数十年,当狄卑尔斯[1]厂尚未放弃其专利权的时候,钻石是妇女眼中最名贵的饰物,因其闪烁漂亮。现在早已不流行了。

此刻钻石经大量开采,一毛钱一打,只充作工业用途,女人不再对其青睐有加。

但是母亲仍然佩戴着这只胸针,她对它有特殊感情。它的来历颇为神秘,母亲曾经解说过,但我听不明白。

她说那时她只有五岁。外祖母刚因病去世。幸亏有一位

---

[1] 狄卑尔斯:戴比尔斯,De Beers。戴比尔斯一直是钻石开采和评估行业声誉卓著的名字。——编者注(本书脚注均为编者注。)

女眷把她带在身边，安顿她的生活，把她交托到可靠的世伯手中……

临别之际，那位好心的女士留下这只胸针给她。

母亲一有空便说这个故事，在她心中，那位女士简直如仙女一般。

这件事的疑点甚多，根本说不通。第一，当年她只有五岁，记忆模糊；第二，无端端的咱们家哪儿来的这位亲眷，外祖母并无姐妹；第三，陌生女士为何要这么关怀一个小女孩？

只有钻石胸针是实物，镶工仔细，考究别致。我曾笑说，幸亏现在不兴这种玩意儿了，太浪费时间金钱。

母亲一坐下便问我要饮料。

我笑说："有一只新茶晶味道不错，我给你试试。"

她把双手乱晃，叹口气："你们这些人做主妇，不知道是怎么做的，一粒丸子、半支牙膏，又当一餐。"

省时间呀，孩子们还不是白白胖胖的。

我没敢顶撞她，只得赔着笑。

那边，小弟同机械臂七号在做角力游戏。

母亲啧啧地烦恼："多危险，唉，机器没有人性，一用力骨头都扭断。"

我笑说:"妈,你老了。"

母亲问我:"你同他还是不停地吵?"

我无奈地摊摊手。

"会吵开的。"

"分开不是更干净?"

"这是什么话,是你自己挑的人。"

她的口气似一百五十岁。

"我告诉你照老办法的好,婚姻大事怎么可以交给电脑。"她抱怨,"你太新派。"

当时我正在做图书编撰计划,国家需要我,有什么时间去进行老式求偶仪式?弄得不好,要好几年的时间,真是天底下最大的浪费。

母亲皱着眉头喝茶晶。"只有颜色没有味道。"她说。其实也够麻烦的了,我还要替她找出杯子,事后还得做洗涤功夫。

她一早来教训我,弄得我闷上加闷。

女儿在房中弄出巨响,母亲吓得跳起来。

我大声叫:"弟弟,去看看是怎么一回事。"

母亲奇问："何必去看，闭路电视呢？"

我无奈地说："她要保留隐私的权利，不准我在电视上观察她。"

"花样真多。"母亲觉得没味道，"现在连书也不要读了，学校也取消了，人人泡在家里，胡作非为。"

我说："书还是要读的，只不过不用长途跋涉去课室，这可是德政。"

母亲咕哝："天天对着电脑，有什么好处？"

"他们还是要考试的。"

弟弟出来说："姐姐不知从什么地方弄来一套古老化学实验品，也许是她男朋友奉献的，在地上炸出一个洞。"

我说："叫三号去收拾。"

"得令。"他去了。

母亲又说："孩子说话都没有文法。"

"妈妈，你要是什么都看不顺眼，生活没有快乐可言，二〇三五年就是这个样子，喜欢不喜欢，还是得每天起来。"

"我想吃香喷喷的白脱油蛋糕[1]。"她抱怨。

---

[1] 白脱油蛋糕：黄油蛋糕。

"我替你去订。"

"还有巧克力。"

"那就没办法了,可可树早已绝迹。"

"是呀,核爆核爆,弄得连巧克力都没的吃,你们这一代都不知损失了什么?"

一代不如一代,每个年纪大的人都爱这么说。等我五十岁的时候,我也会说,一代不如一代。

生态失去平衡,并没有使母亲们不吐苦水。

"政府现在又玩什么?"母亲问。

"我怎么知道?你又不去问国防部的公共关系组。"

"我到现在还没有报名学习国际语言。"她有点紧张。

"并不太难,放心好不好。"

她又叹气。

弟弟奔进来说:"妈妈,新闻报告说第四空间实验又出了毛病。"我并不在意。

母亲说:"仗不打了,固然是好事,但怎么会把空间弄出一个洞来?"

我拍拍她的手背。"别担心,别担心,地球不会沉沦。弟弟,替婆婆捶两下背。"

弟弟滑头地说:"我叫五号来。"

他外婆生气,站起来说:"我走了。"

她声音里有无限寂寞。

传说中的正宗巧克力或许可以使她振奋,但是那个时代已经过去,注定她要失落。

我说:"我开车送你回去。"

母亲还要拒绝,每次见面,我都不能满足她。她明明有求而来,想我安慰她一颗寂寞的心,但每次我都不知从何着手。

这就是那永恒存在的代沟。

我不明白她为何牢骚连篇,也不知她为何怀旧至几乎有些病态。自然,我爱她,但是我不了解她。

开出车子,她一直说:"不要那么快,心都抖出来了。"

到她家门口,她说:"每次来,都想与你好好说话,不知怎的,你那里永远乱糟糟,开不了口。"

我微笑:"我知道,你想告诉我,在你小的时候,有一位神秘的女士,曾经照顾过你。"

母亲知道我打趣她。"走走走。"她说。

我掉头回家。

我喜欢开快车,这是我唯一的消遣及嗜好,尤其爱在弯角表演技术。

载着两个孩子的时候,他们会欢呼,丈夫就面色铁青。他对我的驾驶技术没有太大的信心,并且认为开快车是不成熟的表现。

回到家,看到他已经返来,正在教孩子们做功课,还灌输他们不良知识。

"……在研究人类如何能够脱离躯壳以独立脑电波生存,多刺激!"他口沫横飞。

两个孩子听得入神。

我厌憎这项研究,听都不愿意听。各国政府进行该项实验已经良久,报纸杂志每每有最新的报道,原则每个人都懂,想深一层却毛骨悚然。这比在空间钻洞更可怕,人没了身体怎么个活法?

一切概念都根本性移动,既然只剩下一束电波,还要房子、车子来做啥?更不用说黄金、股票了。再进一步说,能源、食物、医药也都作废,连地球是否存在都无关紧要,成何体统?

我不接受这个想法。

塑胶心脏、金属骨骼,什么都可以,但要我变成一束电波,我还真的不干。

有时候觉得母亲说得对,世风日下。

我厌恶地看他们一眼,对弟弟说:"还不做功课。"

丈夫冷冷地说:"早就做好了。"

"那么如果你有空,请把五号送到厂里去修理一下,打扫少了它还真不行。"

"你为什么不去?"他瞪我一眼。

孩子们一看苗头不对,都纷纷避开。

真悲哀,从什么时候开始,两夫妻一开口就得吵架,根本无法好好说话。

我挥挥手。"要是我一去不回头,那才是最好的事。"

"真的,你会吗?别哄我白欢喜。"他冷冷地说。

我听了这句话,真的光火了。他太过分,他不知道在什么地方停止,这是我骆驼背上最后一根稻草。我霍地站起来,取过车钥匙。

"你又到什么地方去?"

"Never Never Land[1]。"

---

[1] Never Never Land:永无之地。

"你在说什么?"

"你永远不会知道,"我悲愤地说,"你从不关心。"

"你并没有告诉过我。"

"你没有留神。"

"去吧。"他放弃,"别站在这里一直控诉我,去到越远越好。"

"好,你照顾孩子。还有,希望你可以成功地将脑细胞自躯体内分裂出来。"

"何劳你担心。"

我按动按钮,大门唰的一声旋开,我头也不回地走出家门,开动车子,冲出去。

真悲哀,我们早应该分手,两人根本没有理由可以再生活在一起,分开至少可以静一静,让我好好开始工作。

到母亲家去住几日?又踌躇下来。不行,她会不停地晓我以人生大义,还是一个人躲起来。

我自然没有期望他会急着打锣找我,相信我,他绝不会这样做。

我将车开上生命大道。太阳已将近落山,金光万道映在红霞之后。电脑课程时常要孩子以这种题材做描写文,孩子们老翻出父母幼时的功课磁带来抄袭，年年拿丙等。

也许我会怀念孩子们。

我重重叹息一声。

生命大道上有十三个著名的死亡弯角，技术高超的驾驶者可在十分钟内走毕全程，甚至可以抽出时间观赏大道一边的海景。

速度、劲风，都使人心旷神怡。

在丈夫眼中，我是多么不羁任性不切实际，成日沉湎在自我为中心的世界中……在他眼中，我一无是处。

我一手把着方向盘，一手拨开飞入眼角的碎发。

怎么一回事？路障，这条路上怎么会有路障？

我的车无法即时停止，自动路障受到电子感应后伸出巨型手臂阻挡来车。在这刹那我童心大发，反而加速，在半秒钟空当钻过两只机械臂。

我哈哈大笑，怎么，难不倒吧，心中不快似乎散去，车子继续往前开。

第二道路障还配了音响效果，距离一近，立刻开始广播："注意，前面危险，注意，危险，请立即回头。"

回头，回到什么地方去？

不过心中也纳罕，难怪一路上看不到有其他车辆，这一段路到底出了什么毛病？

我重施故技，趁铁臂闸下之前加速前往，再一次顺利过关，不过，心已经有点怯。

说时迟，那时快，两边支路忽然闪出巡逻车拦截，车上深蓝色的顶灯嗡嗡作响，逼我停车。完了，我想，这下子恐怕要停牌一年半载，我唯一的人生乐趣也报销了，我开始发慌。

我扭转方向盘，想要找个空当好好停下来受制裁，但是两辆巡逻车实在贴得太近，我一时失策，看位看得不够准，车子打横飞出去，直铲向海边悬崖。

巡逻车号角大响，我的心陡然静下来。我不能命毙此地，我不过是出来散散心，一下子就要回家的，不不，我不甘心。

车子性能奇佳，我硬生生再把它转向山边，撞山好过坠崖。

车子擦向岩石，我先觉得震荡，身体似是要迸散出来，随即听见轰隆一声巨响。

我已进入半昏迷状态，心头倒还清楚，并没有太大的恐惧。只见眼前点点金星飞舞，越来越多，越来越乱，终于一阵黑，失去知觉。

我是地球人,走错空间,来到这个年代。

我没想到自己还会醒来。

恢复知觉时很怪很怪,第一还原的是嗅觉。

因为我闻到一股难以形容的香味。

这种味道非常陌生,我曾经闻过类似的香味,但没有这么甜,亦没有这么馥郁,这是什么呢?

我缓缓睁开眼睛,不是撞了车?对,我应该在生命大道的悬崖边,巡逻车上的警员一定会把我抓回去,说不定救护车也快要到了。

真是大幸万幸,我没有死,也希望不会因伤落下残疾。身上配仪器零件到底不自然,我知道有人引以为荣,但那不是我。

一抬起头,就呆住了。

身上完全没有伤，再扑出去检查车子，车身一个凹印也无。

这是怎么一回事？不可能，我明明在生命大道上出了事。

把车子的倒后镜扳过来看，没错，这明明是我。

我下车，晃动四肢，没有伤。

咦，我在什么地方，这是什么地方？

车子停在一块空地中央，空地上画着一个个白色的格子，恰如一辆车子大小，这是停车场。慢着，我怎么会来到停车场？

地面是黑色的，仔细看后，认得是一种叫沥青的物质，已长久没有用它来铺地面了。

这是什么地方？

四周围的建筑物用红砖建造，如传说中的堡垒。我看到其中一座顶端还冒着白色的浓烟，烟囱！谁家还用烟囱？我讶异得说不出话来，这是怎么一回事？

我从没听说过本市有这样一个地方。

"你好。"

有人说"你好"。

我霍地转身，看到一个年轻的男人，站在我附近。

他重复说："你好。"

此刻空气中那种特殊的香味又传入我的鼻尖，一切都是陌生的——我看到的、我嗅到的，甚至是这个人。他的衣着累赘，款式奇怪，我知道，我看过照片，母亲小时候，男人穿的就是这种衣服。

我脱口问："你们在拍电影？"

他走近一步。"电影？当然不。"

"这是什么地方？"

"方氏糖厂。"

"糖厂？"

"是，你没有闻到巧克力的香味？"他缩缩鼻子，"这附近布满一层巧克力雾，一切都是甜的。"

"巧克力，你重新制成了巧克力？"我吃惊。

"不，"他笑，"可可粉是荷兰化学师云豪顿[1]在一八二八年制成的，怎么会是我？"

"但是可可树绝迹已有许多年。"

他莫名其妙："小姐，你说什么？"他放下公事包。"你是谁，怎么闯进我们厂房来？而且你这部车子看上去好怪。"

他过来研究我的车子。

---

[1] 云豪顿：范·豪尔顿，Coenraad Johannes van Houten，荷兰化学家及巧克力制造者，发明了可可粉。

太阳落山，四周围的路灯亮起。我抬高头看，天呀，电灯，一格格的钨丝灯泡，怎么可能，这到底是什么地方？

年轻男子忽然不置信地叫起来，吓了我一大跳。

他叫的是："不可能，这车子竟利用太阳能发动引擎！"

我瞪着他，他瞪着我，两个人心头都有着一大团疑问。

"你是谁？"

困惑中我并没有降低警惕："你又是谁？"

"方中信。"

我看着他，再看看四周围。他叫什么？母亲说，在她小时候，人们喜欢用名字，不喜用号码。震撼感太强了，我像是有点明白，又像是更糊涂。

身为一个知识分子，我心中有点数，惊疑倍增。

他问我："你从什么地方弄来这部车？"

我只得说："实验室。"

"本市有这样的实验室吗？这种车子要是推广，石油还有人要吗？"

"喂，"我摊摊手，"看样子我只得跟你走了。"

他的胆子并不大，缩缩肩膀："你是谁？你还没说你是谁。"

"我是 A600333。"

"小姐，别开玩笑好不好。你看你，头发那么短，服装那么怪，一副新潮女的模样，回家去吧。"他拿起公事包要走。

我急起来："没有你我怎么离开这里？"

他托一托眼镜框子，真要命，还戴着这种东西。近视与远视早已可以做整形矫正，况且在放弃课室教育制度之后，孩子们都不大患近视了。

"我送你出去。"

"我先要收好这部车子，你这里有没有车房？"

"小姐，我为什么要帮你？"

"因为我遇上了你。"

"我怎么知道你是好人还是坏人？"

"即使我是坏人，帮我收好车子也不会碍事。"

他似乎被我吸引，退后一步，仔细地打量我。

至于他，看一眼就知道是个斯文人，大概是个好人，这是我的运气。

运气？闯到这个地方来，还提什么运气。

他终于让步，让我把车子驶进车房。他对这部车充满好奇，赞叹之声不绝。而他的车子，不折不扣是部古董，由柴油发动，要用钥匙打火，嘈吵，糟蹋能源，造成空气污染。

他让我先坐，彬彬有礼，我觉得写意，趁机整理我的思维。

他车子上有一本杂志，用英文出版，叫《财经报告》，一九八五年六月出版，售价美元两元半。我的心跳加剧，要命。一九八五年，如果这本书不是开玩笑用的小道具，我再笨也应该知道发生了什么事。关键在生命大道，一定是，我与车子驶进一九八五年来了。我的天，我手足变冷，这怎么办，我掩住脸。

"喂，你没有不舒服吧？"

我一定面如土色。

我会怎么样，一生流落在一九八五年？

我的家呢，我的孩子！我呆住，这算是对离家兜风的少妇的惩罚？

"喂，"身边的男士说，"别沮丧。"他自口袋里掏出一块东西递在我手上："吃块糖。"

我怔怔地看着那用花纸包住的东西，多么考究细致的包装。我缓缓拆开花纸，里面还有一层锡纸。包装得这么小心，一定是了不起的名贵糖果。

锡纸轻轻掀开，那股香味又来了，神秘浓郁甜腻，我看到咖啡色状若胶泥般的物质。

他伸出手掰下一块送进嘴里："吃呀，别客气。"

我学他的样子把糖放进嘴巴,它在舌头上便开始融化,香与甜如水银泻地,钻进所有的味蕾。我震惊,天下竟有此美味,比传说中有过之而无不及。我们也有仿巧克力的化学制成品,连百分之一都比不上。

我连忙又吃一块。

一九八五年不会太差吧,有这样美味糖果的年代,不会差吧。

我心中略为好过点。

车子驶入市区,他说:"怎么,方氏糖厂出品还过得去吗?"我没有回答。

车窗外一切我都看见过,在旧电影中,在书本里。这些七彩的霓虹灯管,在嘉年华会中,我们也用来哄孩子们欢心。

我颓然倒向坐垫,要不是嘴里还有巧克力的余香,我会痛不欲生。

生命大道上的路障——危险回头,我没有听从。巡逻车来截停,但没有成功。

我终于来到这里。

"你要到什么地方去?"他问。

太空署的第四空间实验出了漏洞,我做了牺牲者。民众早已风闻这项实验会带来巨大的后遗症,没想到会这样。总有一日,地球会叫太空及国防两部玩散。

我握紧拳头。

这件不可思议的事竟发生在我身上。

"小姐,你要到什么地方去?"

心绪乱成一片。

"小姐!"斯文人也不耐烦了。

身边连钱都没有。

这可怎么办?

我同他说:"我不知道要到什么地方去。"

他转头讶异地看我,我刚好涨红面孔,彷徨失措,有压不住的惊惧。

"你从什么地方来?"他问。

"我来的地方,再也回不去了。"我带着哭音说。

"同父母吵架是不是?"

绝不能说实话,我自己也是人,天底下没有比人更无聊的生物。假使他是外太空高级智慧动物,反而可以把困难与他商量。现在一说出来,他一就送我到精神病院,二就联络有关部门抓我去研究。真叫人心神俱毁。

"有话慢慢讲。"

"请问,你刚才说,你的名字叫什么?"

"方中信。你呢?"

"陆宜。"

"陆小姐,我送你回家好不好,大家都疲倦了。"

他已经够耐心。

"我肚子饿,可否请我吃饭?"

他把车子停下来,微笑:"我不是浪荡子。"

"我的车子,你那么欣赏它,我把它转让给你如何?"

他的兴趣来了:"你有证明文件?"

我顺手取出证据给他看。

他接过,啧啧称奇:"印制得这么考究,不像是假的,什么国家?我从来没有见过这个印鉴。"

"附注有英文,你看仔细。"

"双阳市,咦,的确是本市,几时发印的?"

我把文件一手抢回来,心突突地跳。

"双阳市,你也住双阳市?"我问。

"是,这是双阳市,怎么,你不知道?"

地点没有变,只是时间完全不同了。

"请我吃饭,我慢慢说与你听。"

他凝视我,近视镜片后的双眼闪出深邃的光芒。他笑一笑,不答。这人并不是笨蛋。

"好的,"他说,"我们去吃点东西。"

我松口气。

不能失去他,非把他抓紧不可,况且他身上有那么美味的巧克力。

他说:"你穿着长裤,看样子我们只好找一个比较随便的地方吃饭。"

为什么?我没敢问。风俗习惯相差五十年,问来无益。

他把我带到一个华美的地方,门口停满汽车,自落地的大扇玻璃门进去,整个大厅用琉璃灯照明。这个地方的耗电量是惊人的,而发电要动用石油,石油价格一向昂贵,没想到他们的生活如此奢靡。

而这不过是一个公众吃饭的地方,要填饱肚子最多花两分钟就够了,何须这样劳师动众。

这里每一个人都认得他,很客气地上来同他打招呼,安排座位给他。

侍者取出无数器皿,菜单有一本书那么厚。他问我要吃什么。我说："随便，越简单越好，啊，对了，我不吃荤。"

我们之中也有些人嗜吃动物的肉，已经被视为不文明的举止。

看样子这一顿饭要吃一两个小时，菜蔬都照原状送上来，嚼起来芬芳脆口，但太浪费时间了。人的生命有限，一天只得二十四小时，一顿饭吃掉两个钟头，还能做什么大事，难怪科技落后，难怪。

他叫一块牛肉，用工具切开，还有鲜红色汁液滴出。我摇摇头，忍不住说："似你这般斯文的人，却染上这种恶习。"

他也以同样的注意力观察我，说道："吃那么一点点，你不会有气力。"

我不明白他要那么多气力来干什么，大概要努力工作赚取酬劳来吃这种豪华的食物，然后吃饱之后再去努力工作，继续恶性循环。不可想象。

才五十年已经那么落后，我应该庆幸我没有回到一百年前。

无论如何，我一定要设法回去。

据我所知，人类对空间的研究不遗余力，远在一九四〇年，已经有第一个实验，我一定要回去。

吃完饭，我把那块剩余的巧克力取出反复地观看，并且放在鼻端深深地嗅闻，它完全迷惑了我。

我赞叹："难怪十八世纪的植物学家林那欧斯[1]要称之为'诸神之美食'。"

他忽然抬起头来。"你怎么会知道这项典故？"

我说："因为这是我母亲最心爱的食物，她小时候常常吃。"

"每个人都吃糖果，但是只有极少数人知道糖果的典故。"

我看见他那么认真，忍不住说："但我不是普通人。"

他一怔，随即说："讲得对。"他停一停。"不过你对巧克力的认识，不可能胜于我。"

"当然，"我不想也没有心情与他争，"你是巧克力制造商，一个令许多人快乐的行业。"

"你真的那么想？"他欣悦。

我点点头。

"谢谢你，陆小姐。"他似乎觉得无限宽心。

---

[1] 林那欧斯：卡尔·冯·林奈，瑞典文原名Carl von Linné。18世纪的瑞典植物学家林奈把可可树的学名定为Theobroma cacao，Theobroma是希腊文，意思就是"神的食物"。

为了讨他的欢心，我进一步透露我的知识："可可是一五〇二年由哥伦布发现的，但它存在于亚马孙流域已有四千年。在当时，一百粒可可便可换取一个奴隶。"

"完全正确。"他拍一下掌，"没想到碰到同道中人，以往我一同女孩子说起可可豆的历史，她们便忙不迭摆手嫌闷。"

我打蛇随棍上："既然如此，你会不会带我回家？"

"当然，我一早说送你回家。"

"不，去你的家。"

他呆住，过一会儿定下神来，他说："小姐，你真的走投无路了吧？"

"是的，"我恳求，"请求你收留我一夜，我不会给你添麻烦。"

"我不能随便把陌生女子带回家。"

"你已有家室？"

"不。"

"那么破一次例好不好？总有第一次，总有例外。"

他看着我："你身边没有现款？"

"什么也没有。"

"由我资助你住一夜酒店如何？"

"我害怕。"没有他们的文件，怎么可以到旅馆去。

他摇摇头:"小姐,你说的话太难令人置信。"

五十年前的民风一点也不淳朴,人一点也不笨,尽了九牛二虎之力,我也无法说服他。

我赌气:"好吧,让我去死吧,希望你有一日流落异乡,尝一尝这种滋味。"

"我可以帮你,你自哪个国家来?我带你到使馆去。"

"我是你的同胞。"

"你的外貌确与我族一样。"

我恼怒:"世界已经大同,战争早已停止,癌症也已治愈,看你,连收容同胞也做不到。"

他想了很久。"那么请告诉我,你额头中央那一块直径约五毫米的金属片,是什么东西?"

我一听,心都凉了。

我怎么会遇上一个这么聪明的人!

"你不会以为我看不见吧?"他追问。

纷乱中我说:"这是女阿飞的装饰品,最新打扮。"

"你是女阿飞?"他失笑。

我急他不急,好整以暇地叫侍者拿红茶来。

愁肠百结中我说:"加多一杯。"非得尝一尝母亲时常怀念的红茶是什么滋味。

他狡猾地说:"如果是装饰品,可以取下来。"

我倒出茶,喝一口,非常苦涩,不喜欢,加上牛奶与白糖,味道仍然比不上茶晶,可见有时候科技会倒腾。并且桌上已摆满喝这一小杯茶用的工具,足足十来款,实在太啰唆。

"不爱喝?"他问。

我摇摇头。

他把茶喝光,结账。

"走吧。"他说。

"到什么地方去?"

"我的家。"

这个时候,轮到我迟疑。跟他回去?

第一眼看见他,我已犯下轻率的错误。他的外表是那么老实,蒙蔽了我,以为可以支使他为我做事,谁知一顿饭下来,发觉他占了上风。

但是此刻不跟他走,根本没有第二条路。

我抬头看着天空,在城市强力灯光照耀下,天际呈一种奇异的灰色,怎么看得到星宿?

我只得跟他走。

我们上了车，向郊外驶去。

他像是知道我的心事，掉过头来安慰我："你放心，我不是坏人。"啼笑皆非，白比他先进五十年，却拿他没辙。

忍不住回答："当然也不会是好人。"

"可不是，人性肯定有坏的一面，但亦有好的一面。倘若黑的墨黑，白的雪白，那还有什么味道？"

在这种时候他还说教，气我。

郊外路的曲折比生命大道有过之而无不及，一路上有美轮美奂的建筑物，看样子都是住宅。行驶约二十分钟之后，车子停住，我看到一座小小的白色平房。

它没有期望中那么堂皇，我早已猜到方中信是个有钱人，只是不知他的财富到达什么地步，如今不禁有点失望。因为随着金钱而来的是权势，如今我身处困境，非常需要有财有势的朋友。

我们可以成为朋友吗？我存疑。

在这个角度，我看到天边挂着的月亮——地球唯一的卫星。

"请进。"他说。

他似乎是一个人住，但是地方打扫得非常整洁。柜内摆着各式各样包装的糖果样板，琳琅满目，恐怕有好几百种。

我跟着他进房，他指一指："你今夜睡这里。"

我点点头。

他走了之后，我关上门，研究好一会儿，才知道门锁的关键在什么地方。

房内有无数巧克力盒子，我对自己说不要客气，打开来便吃。这种糖产生安抚作用，含着它心神稳定许多。

我非常疲倦，倒在柔软的床上，睡着了。这是我在这里的第一夜。

不知家人可有想念我，不知有关部门有无通知他们我已经失踪。

第二天清早，他拍门把我叫醒，恐怕要赶我走。

睁大眼睛，才看见床头搭着件女用浴袍，起床，又发现一双粉红色的纱边拖鞋。

哼，我还以为他是正人君子。

一整夜他在我面前水仙不开花，引我入壳，他巴不得带我回来，欲迎还拒，倒叫我苦苦哀求他。

我去开了门。

他探头进来。"睡得还好？"

"床太软，一切脊椎病都自软垫而来。"

"舒服呀，吸烟危害健康，但是一种享受。"他笑。

我吃惊，原来他可以变得如此嬉皮笑脸。

他的目光投到空糖果盒子上。"你真喜欢巧克力，是不是？不过不怕，你找对了人。"

他在我床前一张沙发上坐了下来。

我警惕，干什么？

他托一托眼镜框子，收敛笑容，他说："现在你可以告诉我了，你从哪个星球来？"

我？

"我会替你保守秘密。你有什么超能力？你的飞行器收在什么地方？你来到地球，有何企图？"

我傻了眼，他把我当作天外来客！

"昨夜我带着技师检查过你的车子，这断然不是任何实验室可以制造出来的。他们估计要待五六十年后，才能够大量出产这种太阳能车子，届时全部石油生产国家会得宣布破产。"

我坐下来，静静地说："你讲得对。"

"那么你来自哪里？"他紧紧追问。

我说:"科技只比你们进步数十年,就可以做宇宙航行吗?你想想看。"

他呆住。

"我是你同胞,我也是双阳市市民。"

他缓缓摇头:"我不相信。"

"答应我不会伤害我。"

"我保证。"他举起手。

他保证,他说他保证。信一成已经太多。

今日他不必上班,换过一套打扮,衣服花哨许多,比昨日英俊,也失去昨日的沉实。服装对人竟有这么大的影响。

他见我犹疑,又说:"如果我不遵守诺言,叫巧克力在这世界上绝迹。"

他这话一出口,我哈哈大笑起来。

他恼怒:"别以为这个誓言可笑,我方家靠制糖为生,已有百年历史,没有巧克力,也就是没有我们。"

这人唯一可取的地方,便是天真,我对他的戒心松弛许多。他说:"地球人并没有你想象中那么可怕,你可以相信我。"

"我太知道地球人。"

"你专门研究过我们?"

"不,我自己就是地球人。"

他叹口气。"好,我不勉强你,不过记住,我不会出卖你,我是你的朋友。"

我松口气,他不逼我就好。

但他忍不住又问:"你原形是怎么样的?"

原形?

"在我眼中,你是一个美丽的女子,当然你原本的皮相不可能是这样的。"

"你的意思是,我是一束电波抑或是一条八爪鱼?"

方氏鼓起勇气问:"你是什么?"

"我是一个无用的女人,一点超能力也没有,我的职业只是为国家图书馆编撰选购书本。"如果我是科学家,还可以提供一两条商业公式帮他发财。

可惜我是书生,百无一用。

方中信并不相信我的话,他叫我吃早餐。

老式的食物真是香,我的胃口并不见得好。心事太多太重,我急于要回去,孤掌难鸣,怕是需要他的帮助。

早餐桌子上,有一大束紫罗兰。

我说:"把花割下是很残忍的一件事,植物也有知觉,相信你们也已经知道。"

"是,有人做这样的研究。"

客厅地上铺着一块兽皮,更使我生气。

"还有,剥兽皮更无人道,为什么你们还要坚持?"

"这只是一块羊皮,别过分好不好?"他跳起来。

我不响。

过半响他说:"看来你心颇善,不会残害地球人。"

我叹口气。

"你是如何流落在我们这星球的?"

我反问:"你为何不去上班?"

"我是老板,请一两天假总可以吧。"

"可可现在什么价钱?"

"一吨两千二百美元。"

"价格会再上升,你要当心。"

"我们已在留神注意。"

"它会绝迹。"

方中信一怔,然后笑:"别开玩笑。"

"那是因为你们不珍惜现有的一切,可可活着的时候你们不关注,任由土人把弄生产,也不提供改良种植法,终于嘭的一声,可可变为传奇,不再存在。"

"什么,你是预言家吗?"他跳起来。

"我说的都是事实。"

"你是说,方氏家族生意会宣告完蛋?"

我点点头。

"我不相信。"

我耸耸肩,谁期望他会相信。当年挪亚说破嘴,也无人肯跟他上方舟。我是谁,他干吗要听我。

他又担心:"真的?"

我笑。

"向我证明你所说属实。"

"不要试探我。"

"额头那一小片金属,是你的通信仪,是不是?"

我闭口不语。

"如果你坚持不说老实话,别期望我帮助你。"

"我是地球人,走错空间,来到这个年代。"

"说下去。"

三

巧克力含一种化学分子,
当人堕入情网,
他的脑子会分泌同样的分子。

他声音中没有太大的惊奇,增加我的勇气。

"只是走错空间?"他可以说是失望,"这简直是陈腔滥调,你至少应该来自土星。"

"我的世界比你晚五十年!"我站起来。

"爱因斯坦先几十年已经说过,如果人走得快过光的速度,就可以看见过去或未来的世界,这有什么稀奇?"

我哑口无言,我还以为说出实话,会吓死他,谁知他还嫌不够辣,不够刺激。

我气馁:"是,我不是来自蟹云星座的千年女皇。"

"别自卑,"他说,"已经是稀客了,你来自什么年份?"

"二〇三五。"

"那时的世界是否进步美丽得多?"

我哼一声："区区五十年，以人类缓慢之足步，你以为会好多少？"

"至少有太阳能汽车。"

"太阳能早就有了，只是不高兴推广给民众用而已，飞在太空的卫星都配备太阳能。"

"战争呢？"

"战争是停止了，大仗小仗都不开……喂，我才不高兴当你的水晶球。"

"你是未来世界的人。"

"是。"

"迷了路。"

"是。"

"老天。"他问，"你的名字叫什么？"

"陆宜。"

"你有随身证明文件？"

我把身边所有的文件全掏出来。

他一件件翻遍，看得很仔细很详尽。

"我信你，"他说着，自书架子取出一大堆书籍，"我相信先知的话，我是科幻小说的信徒。但是我不知该怎么帮你。"

"联络你的国防部。"

"你不明白,双阳市没有国防部,双阳市不是一个国家,你忘了?"

啊是,我如堕入冰窖中。

"况且今日的科技如何能把你送回明日的家中?"

我的面色转为灰败。

"但是别担心,我会照顾你的起居,来,吃块杏仁巧克力。"

我说:"你不明白,我有家庭,我是个已婚女人,有两个孩子。"

"我明白。"

"你明白什么?你这个看科幻、做糖果的花花公子。"

"喂。"他愤愤不平。

我奔回房中,关上门。

只觉得前途茫茫,悲从中来,忍不住哭泣。

那么大一个人失踪,他们总得搜索,一定得通知我的家人。还有,丈夫与我的感情再不好,也得表示关怀,不能让我就此消失在地球上。

苦是苦在我没有消失,我仍存在,只是倒退五十年,来到这种落后地区,吃顿饭都要花上两三个钟头。俗语骂人:

你越活越回去了。可不就应在我身上。

我万分苦恼，怨气冲天。

方某在门外说："既来之，则安之。"

"我不会安之若素，这里还有战争，还有癌症，你们愚昧无知，我不要同你们生活下去。"

他在门外也生气了："你这个小女人，好不势利。照我看，你并不比我们进步多少，却开口闭口侮辱我们，把我们当猎头族土人办。你当心我把尊头切下来祭祖。回不去了还这么放肆，可知你们那儿社会风气多么坏。你好好地想清楚，再不高兴，你可以拿了你的车子走。"

我痛哭起来。

他还不罢休，简直像保卫地球："你并没有利用价值，不必担心我把你卖到马戏班去。"

他离去。

整间屋子静下来。

我开门出去取水，只觉得水龙头里的冷水有异味，不敢喝，想做茶，不会弄，手足无措，悲从中来，无限凄凉。要不，就顺从落后生活，见一步行一步，要不就一头撞死。身为超时代的人，应该提起勇气。

渐渐冷静下来。

我连替换的衣服都没有。

找遍全屋,发觉他的衣橱中有一两件女装衣裳,形状古怪,难以上身,看了都令人沮丧。

母亲还一直说她小时候,女人穿得似一只孔雀,百闻不如一见。

我待在屋里,找到大量的书,却看不到有电子朗读机。我已疲惫不堪,哪儿有心思睁大眼睛逐个字读书,只得放弃。

想听音乐,方家的音响设备看上去很复杂很陌生,不知如何发动,也作罢。

一点安慰也没有。

我试图静下来,集中精力,闭上眼睛,却什么都看不到听不见。当然,电流不对,仪器如何发挥效能。我是完全被隔绝了。

"为什么不看电视?"一个冷冷的声音传过来。

是方中信,他回来了。我如看到亲人般,但又不想被他知道我这么热情,故此冷冷地别转面孔。

他叹口气:"我知道你难过,设想回到五十年前去,连潘尼西林[1]都没发现，怎么生活。"

我不出声。

"但五十年前也有好处：家人间的关系比较紧凑，民风淳朴，生活节奏缓慢。人们多数懂得享受闲情……不是不可以习惯的。"

我呆呆地坐着。

"我相信你那边的科学家不会让你流失在此，这于逻辑不合，多可笑，试想想，你会比你母亲年长，这成何体统？"

我缓缓地掉头过去，看牢方中信："你说什么？"

"令堂比你年轻，不是吗？"

我非常震惊，我怎么没想到，自然是，母亲今年才五岁，这是不易的事实。

"你母亲住在双阳市？"方中信也吃惊。

"不但她住在这里，我的外祖母也住在这里。"

"我的天，你可以去找她，你可以看到她。"

"不。"我害怕。

"为什么不，你一点也不好奇？是我就不怕，这真是千载

---

[1] 潘尼西林：青霉素，Penicillin，或音译盘尼西林，是抗生素的一种。

难逢的机会,你怕什么,那是你妈妈。"

"不不不,"我叫起来,"不。"

"镇静镇静。"他过来拍我的肩膀,"不需要此刻发动,想清楚再做。"

我再也忍不住,浑身颤抖起来。

"欸,你看你,太令人失望。"他喃喃地说,"这么窝囊,我还以为你配有死光武器,能知过去未来。"又加一句:"原来同我们一样。"哪里还禁得住他如此奚落,我顿时以手掩脸。

"我在情绪低落时,通常饱餐一顿。没什么大不了,水来土掩,兵来将挡。科学越是先进,人的意志力越是薄弱。试想想,此刻的情况还不太坏,要是闯到茹毛饮血的石器时代去,那才糟糕。"

他已经尽了力气来劝慰我,我抬起头来。

"我口渴。"我说。

"要不要喝点酒?"

"不,不要,给我简单、清洁的水。"

"我听得懂,你放心。"他又不服气起来。

他给我一杯水。杯子用玻璃雕刻,明亮可爱地盛着水,已经是一件艺术品。

他摊摊手。"我喜欢你,我第一眼看到你就喜欢你。"

我喝完水,把玩杯子。

"短头发,紧身裤,最好的打扮。"

我还是闷闷不乐。

"想念孩子?"

我点点头。

"有多大?"

"两个都九岁。"

"孪生子?"

"不是。"

"怎么会?"他睁大眼睛。

"胚胎在实验室长大,同时可以孕育无数个。"

他很动容:"啊,这是一项伟大的发现,女性怀胎实在太过痛苦,长达十个月之久,我听到这个消息太高兴了。"

我对他增加好感,只有上等男人才会怜惜女人。越是下等的男人越坚持他们是两性中之优越者,因为自卑。

我说:"有很多母亲认为要恢复人体怀孕,亲力亲为、亲情增加云云。"

"这是完全不必要的,我见过厂中女职员怀孕操作的苦况，所以本厂的产假特别长，太不忍心。"方中信说。

我赞同："真落后是不是？号称万物之灵，光是生一个孩子便得牺牲一年时光，吃尽苦头。"

我们俩在这个问题上绝无异议。

"那么，"他终于问到细节上，"婴儿足月才领出来？"

"不错，孕育期间父母可去探望，同托儿所一样。"

"你也是那样出生的？"

"是，我是第一代。"

"普遍吗？"

"每个小家庭都想有一子一女，成人得利用每一分力气投入社会，怎么可以奢侈到坐在家里安胎。"

"说真的，在今日，也已经有许多职业女性无暇在正值青春时养育孩子。"

"会有解决的办法。"我说，"稍等二三十年便可。"

他苦笑："长夜漫漫。"

我才是不晓得几时天亮。

"跟我出去走走？"

"你是决定收留我了？"

"还有什么办法，助人为快乐之本。"

"我会报答你的。"

他看我一眼。"算了。我还要先在你身上落重本。"

他带我去买衣服。

走到时装店才真的叫人发呆。

我完全没有主意,方却似个中好手。他一定常带女朋友来选衣服,不然不会混得这么熟。

他帮我选了一大堆白色的衣服,牵牵绊绊,宽袍大袖,我都不肯试。这样下去,我同其他女友有什么分别,真是哭笑不得。

他说:"你别狷介,请松开眉头,我们纯是友谊。"

我仍然无法释然。

"来,走吧,到我工厂去参观。"

"不想去。"

"别钻牛角尖,天下不止你一个人有心事。"

我无奈,只得跟他走。

他的厂是一个美丽的地方,我当它是名胜区。

孩子们若能来到这里,不知道要高兴到什么地步。

方中信同我说:"你没见过新鲜的可可果吧,像榴梿,味道似喝花蜜一般,只有当地土著才享受得到。我在巴西的巴哈亚郡住过一星期，吃过一个，毕生难忘。

"可可离开本家就身价上升，本厂采用的原料来自纽约的交易所，位于世界贸易中心。人离乡贱，物离乡贵。

"来，我们进入第一号厂房，在这里，发酵后的可可经热力压力变为巧克力酱。别老皱鼻子嫌落后好不好，什么，香？当然。

"巧克力作为糖果吃是一八四七年才开始的事，富丽斯、吉百利[1]、高达华[2]、云豪顿[3]……这些都是举足轻重的名字。

"别像一块木头似的，来看，在这里，加了可可白脱及糖的溶浆要搅拌七十二小时。像不像童话世界？自小我就期待承继家业，我爱巧克力。看得出来？哦。

"还有，请坐，你知不知道巧克力最神秘之处在什么地方？让我告诉你。巧克力含一种化学分子，当人堕入情网，他的脑子会分泌同样的分子。"

---

[1] 吉百利：吉百利史威士股份有限公司（Cadbury Schweppes）是一家国际性公司，集团公司总部位于英国伦敦，主要生产、推广及分销糖果（巧克力、糖制糖果、口香糖等）及饮料产品。

[2] 高达华：歌帝梵，Godiva，起源于比利时布鲁塞尔，有巧克力中的劳斯莱斯之称。

[3] 云豪顿：万豪顿，VAN HOUTEN巧克力，瑞士品牌，以西非迦纳巧克力豆为原料制成。

"真的?"我问。

"真的。"

"我相信。"

"来,试一试我们的巧克力吻。"

"什么?"

"吻。"

一小颗一小颗的尖顶巧克力摊在镂空花纸上,刚自机器间出来。

吻。

真浪漫,他们还有这种闲情逸致替糖果取这种名字。

我取一颗放进嘴里,没有取错名字,真如婴儿之吻那么芬芳甜蜜,带有一丝橙香。

如果我能回去,一定要带一些给两个孩子尝一尝,还有母亲,她是那么怀念巧克力。

"好过多了吧?"方中信问我。

我点点头,答谢他的关怀。

他按铃,女侍取来两杯饮料,用银杯盛着。

"喝下你会更舒服。"

我知道这是可可粉冲的饮品,忙不迭地喝一口,烫了嘴,但还是值得的。真不愧是诸神之美食,我舔舔嘴唇,无限满足。

"还可以吧。"

"这样的美食,是否只有你可以供给?"

"通街都有,两角半一杯。"

"孩子们也喝得起?"

"自然。"

"太好了。"

"过奖、过奖,所以,只要钻研一下,你会发觉我们也有些好处。"

我向他微笑。

他在他的世界里,恐怕是个吃香的王老五。

他当着我面签署了不少文件,没把我看作外人。我只觉自己身份暧昧,这算是什么?我算是他的什么人?

在急难中,我与他认识才两天,已成为莫逆。

在这里,我只有他一个熟人。

"现在,让我们谈比较严肃的事。"

"是的,"我说,"我怎么回去?"

他狡猾地说:"这个不算重要,刚才你说,可可要绝种,而我方氏的事业会得崩溃？"

"我没说过。"

"陆宜，你对我要老实。"

"你是聪明人，我怎么教你。"

"这家厂有三代历史，职员共三百零七人，要结束也不是这么简单的事。"

"或者你可以安然步入二十一世纪，用化学品代替巧克力。"

"化学品？我不喜化学品。对我来说，不香的花不是花。"

"那你活该头痛。"

他点点头："能知未来，不一定能够防范，并非好事，简直是不幸。"

他说得对。

方中信开始有心事，是我不好，我不该告诉他那么多。

我问道："该说说我的事了。"

"我只是个糖果商，陆宜。"方中信说。

"你太蹩脚了，我知道许多故事，有很多地球人肯拼死命把天外来客送回家乡去。"

我抱怨。

"哼。你指那位先生，是的，他肯。"

"谁，你说谁？"

"这件事很复杂，要从长计议。"

他在推搪我。不过他说得也对，这件事不能草率，这像是古代乡间受了怨辱的女子，要去到京师告御状，谈何容易？要一步一步来。他把桌子上的文件一推，像是一天的工作就此完毕。好大的派头。

我们要做到发昏才能拿到一点点薪水，老板连写字楼也不设，发一套工具，人人坐在家中做，每分钟动脑筋，根本没有下班的时候。

我羡慕方中信的生活方式。

他笑："我知道你在想什么，我也不见得日日这么舒服，有时十点钟还在厂里。"

"你的父母呢？"

"他们在外国。"

年少力壮的当权派，不用说，日子是过得逍遥的。

"来，我们可以走了。"

"我想看看我的车子。"

他有点不好意思。

我马上不悦："你把它拆烂了是不是？破坏，你只会破坏。"

"你且别忙着骂我,我只不过开着它兜了一次风。"

"不问自取,是为贼也。"

"咦,你还懂得用这一句古语?"

"一路流传下来,怎么不懂?"我瞪他一眼,"我告诉过你我是地球人。"

我逼着他把我带到车房去,看到车子无恙,才放下心中一块大石。

我说:"不准你的至亲好友再来玩我的车。"

"咄,要同样做一部出来,也不是难事,只是我们还未找到大量生产的办法,你稀奇什么?"

奇怪,这大概是我的错。在二〇三五年,丈夫一开口便与我吵;在一九八五年,方中信也同我吵。

我从前一向未有检讨自己,看样子是我的不是。

"算了,回去吧。"他说。

在回程时他把车子开得飞快,像是炫耀。

我仍然想回家。

将来,当科学进步到可以在空间自由来往的时候,或许我们可以参加五天十天旅行团,随便挑选一个年代去做客人。但来了不能回去,滋味可大大不同。

到了方宅，才推开大门，便有一只花瓶摔过来，差点落在我的头上。

谁？人没有出来已经先声夺人。我已经够烦恼，不要再叫我应付多余的人、多余的事了。

方中信把门踢开，像是应付杀手一样。

我看到一个妙龄女子站在大厅中央，叉着腰，双眼圆睁，瞪着他，当然也瞪着我。她怒火中烧，咬紧牙关，誓死要与我们算账的样子。要命，我想，这一定是粉红色浴袍的女主人，好，如今我水洗不清。

我很疲倦地坐下来。

那女郎与方中信摊牌，哗，性如烈火，一手扯住他的领襟要请他吃耳光。而阿方也妙，一二三伸出手来挡，同她过招，纯熟得不得了，分明是练习过千百次。这是他的老情人，毫无疑问。

怎么这么凶？我与丈夫虽然唇枪舌剑，却从来没有动过粗，太过不堪。

一边腹诽，一边又怕花拳绣腿会落在我身上，痛不会很痛，不过一世英名就此丧尽。

我想表白，又不知这种时候说什么话，惊骇莫名。

只见他们扭在一堆，丑态毕露，似乎还没有进化为人。

刺激过度我忍不住哈哈大笑起来。

她放开他，目标转向我："你这骚货，笑什么？"

我，骚货？

我说："我不是他的什么人，你别误会。"

阿方骂我："没义气。"

那女郎气咻咻地坐下来。"你别让他骗到你，他甜言蜜语，低声下气，什么都来得。"她倾诉。

"不会的，我不会受骗。"

"你别夸口，他花样多着呢。"她警告女同胞。

"不是的，你弄错了，我是他长辈，我们不是那种关系的。"

那女郎静下来，她似乎有点明白。

我留意她的神情，知道危险时期已度过，再转头看方中信，只见他脸上被她抓出几条细痕。

真窘，这家伙已丑态毕露，不知还有什么弱点未经暴露。难为我第一眼看见他，还把他视作英雄。

唉，这年头，女人越来越美，英雄却不复再见。原来五十年前，猛男已开始消逝。

"大家坐下来慢慢谈好不好？"我大胆建议。

那女孩子坐下来,拉一拉扯烂的衣袖,拢一拢长而卷曲的头发。

到这个时候我才看清楚她,多么奇异的打扮:这么长而毫无用处的头发,不知要花多少时间来打理。还有,十只指甲上涂着鲜红的颜色,这又有什么作用?难道她以为这便是美?脚上穿着一双古怪的、有高跟的鞋子,把她身体的重力全部倾向前方,所以她走路的时候,非要把胸向前突,挺直腰板来平衡不可,比踩高跷更难。

我津津有味地打量她,她也在研究我。

她的敌意像是消失了,好奇地问我:"你额前那片东西是什么?会闪光。"

我不自在地侧过头去。

"你的头发全部剪光,几乎贴紧头皮,是最流行的样子吗?衣服那么窄,不过料子看上去好像很舒服。你好时髦,你到底是谁?"她趋向前来。

我微笑道:"我是骚货。"

女郎不好意思起来:"你怎么会,你这样好气质……是我误会,你别见怪。"

咦,我倒是喜欢她的坦诚,她这一赞令我飘飘然。

"你到底是谁?"她追问。

我说:"我辈分很大,我是方中信的表姑。"

"真的?他从来没同我提过。"她很有兴趣。

我索性同她开玩笑:"你叫我陆姑姑吧。"

她咯咯地笑起来。"这么时髦的姑姑。"

这女郎,忽晴忽雨,高深莫测。

方中信忍耐这么久,实在已经被逼至墙角,大吼一声:"这里已经没你的事,莉莉,你还来干什么?"

莉莉转向他:"我来收拾东西。"

"你还有什么东西在这里?"方冷笑。

"我的心。"莉莉抛过去一个媚眼。

听到这里,我忍不住嗤的一声笑出来,这么肉麻,这么陈腔滥调的打情骂俏。

难怪方中信并不为其所动,一块冰似的态度:"你的心不是飞到朱七身边去了?我听说他在三藩市替你开了一个美元户口,那就是你心所在。"

莉莉不响,在屋内踱来踱去。

我担心她那双鞋,这种刑罚似的道具是怎么穿在脚上的?为什么穿它?

只见她挺着胸,翘着臀部,忽然之间我明白了,鞋是为了夸张她女性的特征而设的。

为什么要突出女性的特点?

当然是因为她要用之来吸引男性。我一直推理下去:为什么要急于用原始的本钱来抓住异性的欢心?因为她没有其他的本事,或者其他的能力不够显著。

我明白了。落后,社会风气的落后。

他们对着我继续谈判。

莉莉问她的男友:"你是否要我脱离朱某?"

"不,"方中信说,"我同你已经结束,我不是早说清楚了?"

她说:"你会后悔的。"

"那是我的事,请你交出钥匙来,别再进来摔东西。"

莉莉变色:"我们完了?"

"早就完了。"方中信说。

她不能下台,愣在那里。

我不忍,送她出去。

在门口,我看到她含着热泪。

我拍拍她的肩膀。

她耸耸肩,用手帕印印眼角。"胜败乃兵家常事。"她说。

"能这样想就好。"我说。

"当心他。"莉莉说。

"咦,我是他姑姑。"

"他呀,尼姑都追。"

真夸张,这恐怕也是他们的特色。

"我不怪他,你这么漂亮,这么特别。你瞧你,比我还高……"真是我由我说,她由她说,夹缠不清,啼笑皆非。

她扬手叫了一部车子,我看着她上车。

那种用柴油的车子喷出一大股黑烟,呛得我咳嗽起来。这里的空气污染得几乎不适合生物生存,我双眼已经开始露红筋,喉咙也觉得干燥。

脏与落后似有不可分割的关系。

一转身,看见方中信站在那里。

我说:"哟,你怎么出来了,负心人。"

"出来看你,姑姑。"

我摇摇头:"你们花太多时间在男女私情上。"

"喂,我也想知道,你们把所有时间省下来,又做了些什么?"

我竟答不上来,呆在那里。

"也不见得很空闲,是不是?"他笑,"告诉你一个秘诀,时间要挤才经用。"

我拿他没辙。

"来,我们出去吃饭。"

"不。"

"什么?"

"不,我不是你女人中之一名。"

"没有人说你是,即使有,你也不需介怀,你又不打算同人混。他们说什么,你何必关心,你不过是暂来歇脚的。唏,没想到未来世界中的女人迂腐至此,一点都不潇洒。"

我们互相攻击。

"潇洒?同你?你想?"

气他。

"家里可没有东西吃,你不出去,我要出去。我约了人,那位先生,他认识超级强国太空署的首脑。"

我开头是一错愕,随即想起莉莉警告我的话,便笑笑问:"那位先生,没有名字吗?"

"他不喜人家嘴边老挂着他名字。"方中信说,"如果他不能帮你,就没有人能够帮你,这是你唯一的机会。"

"你是一个糖果商,怎么会结识到那位具有异能的先生?"

"我交游广阔。"

我摇摇头。

方中信悻悻说:"狗咬吕洞宾,不识好人心。我告诉你,你别以为自己奇货可居,那位先生对你根本没有兴趣。人家在过去二十年间一直与天外来客打交道,蓝血的人、千年的猫,什么没见过。你以为约他那么容易?费尽九牛二虎之力。我父亲同他岳父有交情,在他结婚那一日,我们特地请巧匠以手工做了一批酿酒的巧克力糖去祝贺他,那批糖共有六十二款,花了六个月时间制成。嘿,这次见面,还是通过他夫人约的,你爱去不去!"

我不敢作声。

"还有,这次我还要捧一樽一九五四年波多白葡萄酒去做见面礼。这瓶酒我以两万八千美元的价格在苏富比拍卖得来,平时只舍得取出摸一摸瓶子,你明白吗?"

猥琐,我竟落在这种小人手中,时也命也。

我吐出一口气:"我们去吧。"

四

年轻人没有一天不笑上十次八次的，烦忧那么远，生活是享受，没有什么了不起的事。

约会的地点是那位先生的家。

地方非常宽大，布置朴素而雅致。他的夫人高贵、大方、美丽、温柔。

她没有说什么，但目光、神情，都安抚我。她像是什么都知道，什么都关心。

那位先生走入书房，淡淡地与我们打招呼。方中信将那瓶酒献宝似的呈上，但是那位先生看也不看。

方中信受了委屈，斜斜看我一眼，像是说：瞧，都是你，都是为了你。

我没好气。

他们之间有一句没一句地闲谈着。

那位先生个子很小，样子顶普通，不知怎的，神态有说不出的疲倦,一直用手撑着头,另一只手则握着酒杯,缓缓地喝完一口又一口,心不在焉地"嗯、嗯",敷衍着老方。

我有点发急。

那位先生对我的故事,像是没有太大的兴趣,根本没有多大的心思听。

渐渐我失去信心,要不是他夫人那温婉的眼神,我早已离去。

坏。

坏与落后也有不可分割的关系。

我要是能哭的话早就哭出来。

终于那位先生的眼光落在我身上。

"怎么,"他问,"陆小姐有家归不得?"

我连忙恭敬地答:"是。"

他似是司空见惯:"是二〇三五年?"

"是。"

他的语气颇为同情:"蛮尴尬的。"

我点点头。

"在我年轻的时候,也见过许多异乡客。"

"我想回去。"

那位先生笑:"或者可以找小纳尔逊谈谈。"

那又是谁?这样人好神秘。

那位先生说:"其实情形并不算太坏,陆小姐贵庚?"

"二十六。"

"过五十年也可以返家乡了,届时你七十六。"他说。

我霍地站起来,要同他拼命,在这种时候还戏谑我?

方中信把我按住。

那位先生抬起头来。"为什么那么计较时间上的得失?"他双眼透出苦涩,不像是轻薄,"甚至是一切得失?"

原来他是哲学家,我为他的眼神感动。

我呆呆地看着他。

或者他有无限的能力,但在这一刹那,我非常同情他。

那位先生指着我额头说:"那是你的接收器吧,自幼种植,与脑部相连。"

"不,"我说,"这是学习仪,儿童在入学时期才植入皮下,与电脑相互感应。我们的电脑没有荧幕,靠电波通消息。"

那位先生摇摇头。"不,这是一具追踪仪。"

我赔笑,心想:先生,我应当比你更清楚才是,怎么倒与我争辩起来了?

我婉转地说:"不会的,我们自小运用它吸收知识,所以早就废除课堂学习制度。"

那位先生还是摇头。

他说:"你们的政府欺骗了你们。"

一边的方中信听得入神。

我完全没听懂,这位先生比我更像未来世界的人,想象力跟宝石蓝似的。

他跟方中信说道:"我累了。"

我与老方只得站起来告辞,不敢再留。

他的夫人送我们到门口,她轻轻请老方"代为问候令尊令堂"。老方唯唯诺诺,我们结束这次访问。

我与方中信在夜空下踱步。

我说:"那位先生名不虚传。"

"嗯。"他说。

"还有巧克力吗?"

"你会喉咙痛。"他把糖递给我。

"已经在痛,"我拆开纸包吃,"无论他是否能够帮到我,我都说他是个难得的人物。"

"近几年他有点懒洋洋,好奇心也减退。"

我问:"是不是已臻化境的人都是那样?"

"我不知道。喂,那真的只是你们的学习仪?我以为会有莱泽光[1]束射出来。"

我白他一眼。"你才全身发光。"

"是,我的魅力。"他扬扬得意。

即使有一万个缺点,方中信仍是一个热情天真的人。他是一个快乐人:世袭的事业,又投他所好,无忧无虑的王老五生活,兼有幻想的嗜好。

"想家?"

我点头。

"跟先生的感情很好?"他问得很自然。

我顾左右而言他:"回去的时候,该把巧克力藏在哪里?"

"在你们那头,走私可算犯法?"他反问。

他送我回家。

这是在这里的第二夜。

---

[1] 莱泽光:激光。激光最初的中文名叫作"镭射""莱塞",是它的英文名称 Laser 的音译,是取自英文 Light Amplification by Stimulated Emission of Radiation 的各单词头一个字母组成的缩写词。意思是"通过受激辐射光扩大"。

之后我决定不再切切计数日子,免得更加度日如年。

那位先生曾说:等五十年好了。时间总是会过去的,届时我还不是会回到家乡,我七十六岁,母亲五十五岁。

要不就反过来想:我二十六岁,母亲才五岁。

唉,最爱同我们开玩笑的,一向都是时间。

趁着夜晚,我集中精神思考。

母亲这些年来向我倾诉的絮语,我从来没有集中细听。

在我十三岁那年,政府创办青年营,大家都去寄宿,与父母的距离无形中越拉越大。

我只知道母亲是孤儿,外祖父在她出生前便离开她们母女,外祖母在她很小的时候患病去世。

在那个时候,什么病都能夺去人之生命,尤其是癌症,猖獗得离谱,每每趁人在最年轻最有为最不舍得离去的时候来制造痛苦。

外祖母是什么病?

我搜肠刮肚也想不到那专用名词,因该种病不再发,渐渐也湮没不为人知。

是什么?

外祖母去世那年,母亲有多大?

她说她很小很小，在念书，是，幼儿班。这一种很有趣的学习方法，孩子们共聚一堂，唱唱歌拍拍手，学单字以及画图画，通常因为他们在家无聊，父母派他们去那里找点欢乐。

他们七岁便要正式入学。

那年母亲应该在七岁之前。

不会是五岁，不会是现在吧？我惊恐地想。

双阳市这么大，怎么去找她们？

"还不睡？"

是方中信。

我开了门。

"睡不着。"

"别想太多。"

我们在沙发坐下来。

"那位先生会替你想办法的。"

"谢谢你。"

"谢我？"

"是，为我花那么多时间心血。"

"喂，大家是朋友。"

"我一直诋毁你，对不起。"

"我也不见得很欣赏你,老嫌你不是冥王星公民。"

我们相视而笑。

"很不习惯吧。"他同情我。

"是,你看,我脸上忽然发出小疙瘩来,水土不服。"

他探头过来细视。"你吃糖吃多了,虚火上升,这两日来你最低限度吃下两公斤的巧克力。"

"会有这样的副作用?"

"自然。"

我懊恼。"真怕在你们这里惹上不知名的细菌。"

他莞尔。"是,我们这么脏这么落后。"

我不作声。

他问:"在你们那里,是否已经全无黄赌毒贼?"

我支吾:"总而言之,比你们略好。"

他叹一口气。"抑或你根本不关心社会情况?像一切小资产阶级,住在象牙塔之中,与社会脱节,只关注风花雪月?"

我微笑。"你呢,你又知道多少?对于低下层的悲惨生活,你难道又很关注?叫你描述一九八五年双阳市贫民窟中之苦况,你是否能做详尽的报告?你不过活在巧克力的甜雾中,与莉莉这样的女伴打情骂俏。"

轮到他沉默,他说:"我也是社会活生生的一分子,社会也需要我。"

"是呀,"我说。"我俩谁也不要挖苦谁。"

方中信说:"换言之,我与你是同族人。"

我们大力握手,终于消除隔膜。

"你说你在图书馆工作?"

"嗯,每天我听两本书,上午一本,下午一本,有时书本坏得令人昏昏欲睡,字句无论如何不入耳,简直会反弹出来。"

"听?不是看?"

"视力太吃重,所以用仪器读出,孩子们特别喜欢,他们很爱听书。"

"我明白,像无线电。"

"可是电台净播垃圾,书本可以自己挑。"我提醒他。

"嗯,是。"

"老方——"

"老方?"他怪叫起来。

我笑。"怎么,不习惯?我不会像莉莉那般娇嗲,我们是兄弟。"

他也认命,挥挥手。"你想说什么?"

"在双阳市要找一个人,怎么着手?"

"办法很多,当然,先要看看你打算找的是谁。"

我沉默。

他一猜就猜着,聪明人就是聪明人。"你母亲?"

"母亲太小,我要找的是外婆。"

"你猜你外婆大还是你大?"他问。

听听,这种问题要不要命。

我答:"可能我还要大一点点。"

"她叫什么名字?"他说。

我不知道。

我呆在那里,我竟不知道。

"什么,你不知道?太没心肝,又不是祖宗十八代,可以有充分理由忘记,她是你的外婆!"方中信生起气来。

"有几个人可以一下说出他外婆的名字?"

"我可以。"

"你怎么同,你祖上留下多少东西给你,你承受他们一切福分,当然要牢牢记住。而我外婆是一个最最可怜的女子,一早遭丈夫遗弃,又在二十多岁便罹病逝世,谁耐烦记住她的名字?"

老方拍案而起。"进步,这叫比我们进步?你们太势利太可怕。"他骂对了。

我羞愧地低下头。太忙着个人的前途,太以自我为中心,不但没有注意到外婆的名字,甚至是母亲的也疏忽。

难怪她那么寂寞,又缺乏安全感。

"怎么,未来世界中,老人的地位降至零?因为有人工婴儿,因为有青年营,所以更不需要老人?"他责备我。

我的心炙痛。"不,"我说,"社会鼓励敬老,是我不好,我是冷血动物。"

懊恼得要吐血。

为什么不好好听母亲倾诉?并不是忙得完全抽不出空来,并不是没有时间,为什么随她自生自灭?

"想呀,追思呀,她叫什么名字?"

我悔极而笑。"或者我可以打电话问母亲。"

方中信一听,呵呵哈哈大笑起来。

一直谈到半夜才睡。睡梦中隐隐听见外婆叫我。

"爱绿,爱绿。"她有一张跟我长得一模一样的面孔,声音充满怜爱。

如何会叫我爱绿?我从来没有见过她,她如何会入得梦来？醒来时泪流满面。

　　一照映像器，看到自己脸容黯淡，黑眼圈，满下巴小疱疹，吓一大跳，怎会变成这样？数天间就老了，这里一年等于二十年，此刻的我，看上去真会比我的外婆老。

　　我忍不住鬼叫起来。

　　方中信冲进来，问道："怎么回事，做噩梦？"

　　"比噩梦更惨。"我用手掩住脸诉苦。

　　"你又没好好地吃，又不肯好好地睡，欸，习惯就好了。"方说。

　　"永远不会。"我呜咽。

　　"想起来没有？"

　　"没有。"

　　"令堂尊姓大名？"方中信问道。

　　"她姓邓，邓爱梅。"我说。

　　"你姓陆？"

　　"是。"

　　"你跟你父姓？"

　　"还有别的选择？"

　　"当然，你可以随母姓，令堂可能是随令外祖母姓，你懂吗?"

"你用白话文我就懂。"我白他一眼。

"喂,"他说,"我不过是想帮你。"

"你的意思是,照邓爱梅三个字去找我外婆,可能永远找不到?"

"对了。"

"那怎么办?"我愁容满面。

"总有点蛛丝马迹,仔细想想,又不是急事。看样子,你起码还要在此地住上一年半载。"

"闭上你的乌鸦嘴。"

"你又来了,从没见过如你这般刁泼的女子,动辄骂人。"他教训我。

"对不起。"我气馁。

他叫我用早餐。

这人似乎喜欢吃烤面包。

制造半公斤面包,把种植麦子、辗转运输、加工生产消耗的能量加在一起,大概需要三千卡路里,而方中信吃下这半公斤面包之后,所产生的劳动量,只相当于一个半卡路里。

多么疯狂。所以像面包那样的食物,受淘汰是必然的。

最重要的是，它不好吃。

我连喝两杯清水用来洗肠胃。

什么都不惯，一切生活上琐碎的惯性用具他们都没有，他们所用的瓶瓶罐罐多得恐怖。方中信的头发比我还长，光是用在头发上的用品有四五种，每天起码花上半个钟头，还要用热风烤，而结果不过如此。我不认为他是空前绝后的美男子，但话得说回来，他长得不错。通话器零零零地响了，他跑去听。

这具小小的东西绝对不管什么时间，爱响就响。

奇怪的是，方中信似乎对它绝对服从，一响就去接听，不管在看书、吃饭、假寐、谈话，总是以它为先。

在我们那里，通话器每日操作时间限于早上九时至十一时，其余的时间，纯属私人用，无论什么急事，都得等到明天。

很多人还说九时至十一时时间太长，要改为九时至十时才妥当。

只见他对牢话筒叽叽咕咕地说一大堆话，越来越不耐烦，越来越大声。

"我说过我有事，不，不可以，不是莉莉，你别管，看，我很忙，就此打住，好不好？"

那边好像还在恳求。

他又说:"我们只是普通朋友,我对你没有意思,你这样子下去,叫你丈夫知道,没有好处,再见。"

他挂上通话器。

我有点吃惊。

原来除了莉莉,他还有别的女人。

他活得不耐烦了,这样子玩火,有什么好处,迟早出事。

而那位太太,为什么这样糟蹋自己?是什么促使她与不相干的男人接头,牺牲自尊?女人的地位竟这样低,这是我另一个发现。一个个好像没有男性便活不下去似的,真奇怪。

方中信回到桌子来,若无其事地继续吃他的早餐,忽然接触我的目光,叫起来。

"干吗瞪着我?我同她没有关系,是她要缠着我。你当我是什么,女人杀手?"

我冷笑:"你不给她某一个程度的鼓励,她会那么死心塌地?"

"她有神经病。"

"别对着女人说另外一个女人的坏话,我是文明人,早已不信幸灾乐祸。"

"嘿，真冤枉。"

"你以为这好算风流？"我硬邦邦地说，"这是下流。"

"有完没完？够了没有？"方中信恼羞成怒，"你是教化官？"

也许我不用替女方不值，也许她还觉得顶享受。

也许她认为爱情就得这样，也许她还觉得像我这种性格的人，根本不懂感情。

一个愿打，一个愿挨。旁人哪儿管得那么多，爱看就当看戏，不爱看拉倒。

方中信叹口气："你懂得什么，似你这种理智第一的人，有什么快乐？"

我反而笑起来，也不欲与他分辩。是，没有快乐，快乐属于一堆烂泥。

"我怎么敢见她，她丈夫扬言要将我炸八块。"方中信招供。

我大笑。

多亏叫我碰到这么幽默的一个人，否则流落异乡，苦也苦死。

"我认识她的时候，并不知她有丈夫。"

我默默点头："她是莉莉之前，抑或同时进行之爱人？"

"之前，当然是之前，你把我看作什么样的人？"好像还很委屈的样子。

"咦,你甩了许多人。现在的女友是谁?"

他不响,看我一眼。

我用两只手掩住胸口。"不!"

他实在忍不住。"别臭美了好不好,我要看上你的话,真叫可可豆绝种。"方中信发起毒誓来。

"老方,我只不过开玩笑。"我吐吐舌头。

他正欲教训我,大门的门铃剧烈地响起来。

他去开门。

我十分好奇地探头出去看,心中有第六感,知道来者不善,善者不来。

门外是一个中年妇人。

年龄绝对比方中信大,不但大,而且大很多。

但是她美。

她长得极高大,皮肤白得似羊脂,脸上亦没有血色,四十上下,穿一件黑色的袍子,身材玲珑浮凸,袍衩很高,露出肥硕的大腿,黑白相对,简直耀眼。连我都看得张大了嘴,垂涎欲滴。

不得了不得了,我贪婪地把整个身子探出去打野眼。

她一手把方中信推开，走入屋来，坐在沙发上，点起一支烟，深深吸一口，缓缓喷出来像雾又像花。

像莉莉一样，她手指甲上涂着颜料，脚上高跟鞋一晃一晃，像是随时会跌下来，十分刺激。

我经过莉莉那一役，已经习惯，这次完全抱着观光客的心情来看这场精彩的独幕剧。

方中信问："你怎么又来了？"

"你想耍老娘？"

"我怎么敢耍你，我还要命呢。"

"我倒是豁出去了。"

"那是你的事，我方家三代单传……"

她抬起眼睛，目光如电，闪出哀怨、恼怒、娇媚、风情、诱惑等无数的信息。

我看得呆住。一双眼睛是一双眼睛，怎么会有这么丰富的感情。我以为眼睛只是用来看世界的，谁知竟能说话。不不，应该是打电报。她这一抬眼，看到我，忽然也呆住，目光直勾勾落在我身上。我有点不好意思，略略收敛自己，做取起杯子喝水状。

她失声："这是谁？"

方中信沉默。

我想说我是姑姑,但没开口,她不会相信,她比莉莉老练一百倍。"怪不得。"她又说。

方中信开口:"你明白就好。"

他们两人说话似打哑谜。

但是她眼中晶光渐渐消散,一手按熄香烟。

"我明白了。"

"这对大家都好。"方中信说。

她长长地吐出一口气,光是这一声叹息,就能叫人销魂。

她站起来。"好好好,罢罢罢,败在她手中,也不算不明不白。"

我觉得不对。"喂,你说什么?你别弄错,我不是他的什么人,我有丈夫有孩子,你听我说。"

她呆呆地看看我,仍然是那调调:"方中信,你真有办法。"

我气急。

她忽然很怜爱地对我说:"小妹妹,珍惜你的本钱,好好抓紧机会,别便宜他。"

我还没来得及回答,她已飘然而去。

他妈的这方中信,如此利用我,实在不要脸之至,乘人之危。但谁叫我住他的吃他的穿他的，谁叫我没有独立的本事。

方某得意扬扬，安然脱难。

他说："谢谢你。"

我也一句回去："不客气。"

这次他端详我良久，说道："你好像不知道自己长得好看。"

"我不知道你说些什么。"我没好气。

他吁出一口气。"不知道更好。"

"你打不打算帮我寻找家人？"

"你连他们名字也不知道。"

"我母亲叫邓爱梅。"

"你叫我怎么办，在报上登则广告：'五岁的邓爱梅小妹妹，请注意，你二十六岁的女儿急欲与你会晤'？"

"诸如此类。"

"嘿，你真是天才。"

"今天你亦不用上班？"

"我去了谁陪你？"

"不用你，我想自己出去溜达。"

"当心、当心、当心，迷路怎么办？"

"我已经尝到最可怕的迷路,还怕什么。"

"我们再谈谈巧克力的制作。"

"今天不想说这个。"

"好好好,我陪你出去。"

"不要你。"

"我远远跟在你身旁好不好,绝不打扰你。"

他对我倒是千依百顺。

我出门缓缓散步,天刚下过雨,仍然闷腻,最好马上洗澡,但是洗完之后不到一会儿又打回原形,好不讨厌。

方中信遵守诺言,远远落在后面,并没有跟上来。

前面斜路上有一大群孩子迎上来,他们穿着一式的制服,活泼地笑着,年纪十岁至十多岁不等。

一定是学生,他们每天集中在一个地方受教育,不辞劳苦,为求学习。

但他们看上去居然还这么愉快。

一定是年轻的缘故。

年轻真是好,太阳特别高,风特别劲,爱情特别浓,糖特别香,空气特别甜,世界特别妙,一点点小事,都能引起惊喜、慨叹、欢乐。

年轻人没有一天不笑上十次八次的,烦忧那么远,生活是享受,没有什么了不起的事。跌倒若无其事可以再爬起,伤口痊愈得特别快,错误即刻改,做对了拍掌称快,就是那么简单。

五十年前的年轻人与我们这一代的年轻人,并没有什么分别。

看到他们明亮的眼睛、光滑的皮肤,真不相信自己也年轻过。

我叹口气。

母亲曾说过,她幼时穿的校服,是一件浅蓝色的裙子。她念的学校,叫华英小学。

我住脚,大声欢呼。

"华英小学——"我挥舞双手,找到了,就找到了。

途人纷纷向我看来。

"干吗,干吗?"方中信气呼呼追上来。

"往华英小学去找邓爱梅,快!"

学校的教务主任为我们查毕业生名单。

邓爱梅……一直翻查都没找到。

方中信问:"小学要七岁才入学是不是?"

校方称是。

我立刻知道因由，要两年后邓爱梅才能够资格做小学生。要找的话，两年后再来差不多，唉。

"慢着，"方中信忽然聪明起来，"贵校好像附设幼儿园班。"

"不错，"主任问，"但你们查五六岁的小孩干什么？"产生怀疑了。

我连忙说："这是我失散了的亲戚，我奉家长命来寻找。"

他进去好一会儿，大概是去请示上司。

我与方中信焦急地等。

他出来了。"校长说未得家长同意，不得随意把学生地址公开。"

"这不是公开……"

但他已经摆出再见珍重的姿势来。

方中信拉拉我衣服，我随他离开。

"从这里开始就容易了。"他说。

我呻吟一声。

"又怎么了？"

"邓爱梅才念幼儿班。"

"真的，你最好有心理准备。"他笑。

"五岁的孩子连话都说不清楚。"

"你开玩笑，你们那代的孩子特别蠢。"

"你们的五岁是怎么样的？"

"能言善辩，主意多多，对答如流，性格突出。"

哗，不知我母亲是不是这样的一个孩子。

"你真幸福。"他忽然说。

我，幸福？这方中信每十句话里有三句我听不懂。

"你可以亲自回来寻根，试想，多少人梦寐以求。"

我不敢想。

"家父是个花花公子，"好像他是正人君子，"不务正业，祖父可以说是直接把生意交在我手中才去世的。他的奋斗过程，我一无所知，他守口如瓶。他的箴言是：得意事来，处之以淡，失意事来，处之以忍。"

咦，有道理。

"如果我有机会直接与他谈论业务上的方针，那多理想。"

那倒是真的。如果小说家可以找到曹雪芹，科学家可以找到爱迪生，还有什么不能解决的。

"那位先生那里有没有消息？"我问。

"耐心一点。"

怕只怕五十年弹指间过,再也不必他替我设法。

真倒霉。

"你催催他。"我建议。

"我不敢。"方中信很坦白地说。

这也好,有什么话开诚布公地说,老方对我倒是还老实。

"我上门去求他夫人,她比较有同情心。"我说。

"他夫人有事到南极洲去了。"

我呜咽说:"那我这件事该怎么办?"

"再等一等。"方中信好言安慰我。

以后数天我开始想家。现在看起来,毫无同丈夫吵架之理,根本没有大事,生活太闲太平淡,习惯幸福,便不知是福,刻意求刺激,乱闹一顿。

他不是急性子,但脾气也不见得好。这上下找不到我,不知怎么办。

会不会以为我夹带私逃,为着赌气,躲起来?

又会不会认为我离弃这个家,另寻出路?

我呆呆地站在园子里看着天空,希望这一切都是个梦,待梦醒起床,一切都没有发生过,回到二〇三五年。

方中信为我难过，他双手插在裤袋里，欲言无语。

他低声说："开头我并不相信你是未来世界的居民。"

"你以为我是谁，冒充的？"

"无聊朋友派来与我开玩笑的饵。"

"那为何与我攀谈？"

他呆呆看着我，并不回答。

我没精打采。"现在你相信我？"

"自然，有证有据，况且愁容不是那么容易装的。"

我不语。

"有邓爱梅小朋友的消息了。"他说。

我感激得鼻子发酸，他真的落力帮忙，这样热心肠的人总算叫我遇上了。

"明早我们去华英小学等她出现。"

"好好好。"我非常紧张。

"不能这样就去，你要冒充一个人。"

"谁？"

"让我们研究研究。"

我有一股冲动："不如直说。"

他反问："可能吗？"

我低下头。

"认是远房亲戚如何?"他征求我意见。

"我们家亲戚非常有限。"

"那如何是好?"

我急:"想办法呀,你们多么狡猾,怎么会束手无策?"

"我不否认我有时也会很奸,但我自问对你百分百忠诚。"他不悦,"你老是刺激我。"

"快替我设法。"

"我们先去看看她。"

五

生命这么短,
哪儿容得浪费?
光阴宝贵。

华英小学是当时双阳市著名的学校,小孩以就读该校为荣,附设幼儿班,共收学生八十名。邓爱梅念的是低班,编在乙组。

学生放学,像群小鸭子,一色小小白衬衫,小小蓝裙子,一样要背一个布包包,看上去还挺重。

我们这一代的孩子就舒服得多,一切在家学习,不假外求,而且学龄自八岁开始,哪儿有刚学会走路,放下奶瓶就去上学之理。落后!那些小孩好玩得离奇,摇摇摆摆地放学出来,一个个苹果脸,胖胖的小腿,我看得心都软了,一时也不知哪个是我母亲。

他们笑着叫着,奔向家长,有些家人还驶了车子来接。

我运用急智,抓住其中一个,蹲下问道:"你可知道邓爱梅？"他摇摇头。

"乙班的邓爱梅。"我不放过他。

他用胖胖的手指一指背后，飞跑而去，书包两边甩，趣致至极。我再拉住他身后的小朋友："你也是乙班？"

她点点头。

"邓爱梅呢？"

她撇撇嘴："邓爱梅最坏，邓爱梅忌妒我。"

哗，人之初，性本恶。

我笑眯眯问："哪个是邓爱梅？"

"今天没上学。"她说。

啊，我站起来，有点惆怅，今日见不到母亲了。明日再来吧，明日带些巧克力来。

这时我已换上方中信买给我的衣服，看上去同他们差不多。老方说："明天再来吧。"

我点点头。

他拍拍我肩膀。

我无奈地笑。

有一位太太也在领孩子放学，她的肚子出奇地大，像带球走路，畸形。我骇然，不由得多看两眼，忽然想起，这是孕妇。一点不错，胚胎在母体子宫孕育到第八个月左右就是这个情形，书上说过。

我发誓看到该位女士的腹部在蠕动，我紧张得吞下一口涎沫。胎儿已经这么大，随时有生产的可能，而她尚满街乱跑，吓死人。

方中信推我一下。"别大惊小怪。"

吾不欲观之矣，太惊人。

"来来来，我们晒太阳去。"

我用他的手帕擦一擦额角的汗。

"你也有孩子，你也是人家的母亲。"老方取笑我。

我惊魂甫定，立刻觉得渺小。我们可没有吃过这样的苦头，孩子到六岁才自育婴院领回来，已经被训练得会照顾自己。

太阳很大，我眯起双眼。

方中信坐在车厢内怔怔地看着我。

"开车呀。"我说。

他把我带到一座公园内，我们坐在树荫下谈了许久，难得他有如许空闲。

我诉许多苦，都是很平常的事，但发生在自己身上，立刻变得非常大。

如何认识配偶，如何结婚，如何发生歧见，孩子们如何顽劣，母亲如何唠叨……苦，苦得不得了，苦煞。

他很有耐心聆听。他的耐力感动我，我把细节说得更详细，活了二十六岁，还未有人对我发生过这么大的兴趣。我的配偶是个粗心的人，我与他水火不容，他的力气全部花在事业上，家庭只是他的陪衬品。他不解风情，他自以为是，他完全看不到我的需要。

我知道这种困难存在已有数百年历史，但不知怎的，女人一直向往有个体贴的配偶。

"他从来没同我来过公园。"我说。

方中信微笑。

在我们面前是一排矮树，开着一种白色大朵肥润的花，香气扑鼻。我有点晕眩，抛却良久的诗情画意一刹那全部回来，铁石心肠也为之软化。

妖异，这个年代真妖异，空气中似有魔力，摧毁人的意志力。

我觉得疲倦。

方中信买零食给我吃，带我走到动物园附近。

间隔倒也宽敞,但对笼中兽来说,又是另外一件事。

老方说:"看不顺眼的事很多吧。"

"应还它们自由。"

方中信摇摇头,一副莫奈何。

我看到一双斑纹巨兽,头有竹罐大,眼睛发绿,缓缓在笼中来回走动,一身黄黑条纹缓缓蠕动。

"我知道了,"我叫出来,"这是老虎!"

它张开嘴,耸动头部,一股热气喷出来,我连退三步。

老方大笑。

我悻悻的。

"没见过亚洲虎?"

"绝种了。"

老方脸上露出意外、惋惜、悲哀的样子来。

"孩子们一直不相信这种动物真实存在,图片不及实物的百分之一那么美丽。"

"我替你拍张照片,让你带回去。"

我还会回去吗?立刻气馁,脸上满布阴霾。

"倦了,来,陪你回家休息。"

我的体力大不如前,这样下去,就快要与他们同化。

老方把我当小孩子一样地照顾，他要回工厂一行，临走时千叮万嘱。

我躺在床上假寐，渐渐心静入梦。

爱绿，爱绿，又听见有人叫我。

我的名字不叫爱绿。

爱绿玲，爱绿玲。

我睁大眼睛。这是谁，谁在叫谁？

室内一片寂静，除却我，没有人。

我突然跳起来，我，是叫我：A60……A600333，被我听作爱绿玲。来到他们的世界才数日，已堕入他们的习惯，险些忘记自己的号码。

但谁在叫我？

这里没有人知道我的号码，这里的人还不流行用号码。

我捧起头。

声音像自我脑中发出，怎么会这样，我弄不懂。

再欲仔细听，声音已经消失。我苦笑，日有所思，夜有所梦，想得太多，心神已乱。

他们的食物我吃不惯，只有拼命喝水。屋内所有设施，只有淋浴一项颇为有趣，不妨多做。

居然盼望老方回来。

他没有令我久等，匆匆赶回，我高兴地迎出。

他说我明显瘦了，又带回许多食物让我挑选品尝。

有一种叫金宝[1]的罐装糊状食物，很合胃口，吃下颇多。老方看着我，很是欢欣。

可以相信他对我好是真的。

已经没那么提心吊胆，不再怕他会害我。

明天，明天还是得去找母亲。

是夜我坐在方宅的露台上乘凉，天空中月如钩，鼻端嗅到盐花香，海浪打上来，又退回去，沙沙响。他们的世界是喧哗的、肉欲的，充满神秘，风吹得我昏昏欲睡。各种白色的花张牙舞爪地盛开，各有各的香。香，香进心脾，钻进体内，融合在一起。要快点走，再不走就逃不及，永生永世困身在此。

这里也没有什么不好，一样有我母亲，还有，还有我的外婆。而老方又对我这么体贴。在他们这个年代，女人尚可倚赖男性为生，不必辛劳工作，真如天方夜谭：坐在家中，有人供养。

---

[1] 金宝：金宝汤，Campbell Soup，美国著名罐头品牌。

一不高兴,还可以闹脾气,还可以哭。当然,也只限于幸运的女性,外婆一早为丈夫遗弃,是另外一个故事。

老方在我身后出现。"你在想什么?"

"什么都想。"我说。

"你看上去这么伤感,有时真不敢注视你,怕忍不住会同你一样悲哀。"他蹲在我身边。

老方真会说话,很平常的一件事,经他绘述,就活转来,听得人舒服熨帖,明明心有重压,也似获得提升,可以喘气。

"去睡吧,明日又是另外一天。"

在这里,不但睡得多,而且睡得死,整夜不必转身,天亮醒来,往往膀子压得酸软,面孔上一痕一痕,把被褥的皱褶全印上,好些时候不散。

不但是床上,房中累累赘赘全是杂物,都是尘埃好去处。方宅雇着一个人,每日做好几个钟头,把所有的东西逐样拭拂,这样地浪费人力物力还有时间,于情理不合。

但是我喜欢看这个工人悠闲地从一个角落摸至另一个角落,熟稔地、爱惜地取起每个镜架或盒子,小心翼翼地侍候,又轻轻放下。这项工作似乎给她带来快感,她口边哼着小曲,调子扭扭捏捏,出其不意会得转高降低,非常狐惑,但也有特殊风味,我看得呆住。

他们生活无聊,毫无疑问,不过充满情趣,随心所欲,不经意,奢侈。

第二日,老方接我到华英小学门口。

幼儿班的孩子们在十一点半下课,别问我这些刚学会走路,勉强能表达语言的幼童们每日学些什么,我不会知道。

我逐个找。

低声地问:"邓爱梅,邓爱梅在吗?请问谁是邓爱梅?"

他们一个个走过,我心抽紧,握牢拳头。

"请问邓爱梅……"我锲而不舍。

一个小女孩站在我面前,一只手指搁嘴旁,疑惑地用大眼睛看着我。

邓爱梅!

不用问了,这便是邓爱梅。不要说我知道,连方中信都毫无疑问地趋向前来。"是她了,是这个孩子。"为什么?因为她长得与我一模一样。

一模一样。

碰巧她也是短头发,也皱眉头,也不相信陌生人。

我的心剧跳,唉,能够维持清醒真不是容易的事,换了别人，看到自己的母亲才五岁大，说不定就昏死在地。

我吞一口涎沫，蹲下来："你……妈妈……"

"小朋友，"方中信救我，"她是小朋友。"

"是，小朋友，你是邓爱梅小朋友吧？"

小女孩点点头，但退后三步，对我们非常有戒心。

我实在忍不住，泪流满面，要上去搂抱她。

这实在是非常不智的行为，小孩怕了。她确是一个小孩，才五岁上下，她挣扎着躲开。

"不要紧，"我哽咽地说，"过来，请过来。"

方中信自口袋中掏出糖果，刚要递过去，忽然身后传来一声吆喝。

"喂，你们是谁？"

老方吓得一震，巧克力掉在地上。

我转过头去，看到一个少妇，怒气冲冲朝我们奔来。

邓爱梅马上扑到她怀里去。

她竖起一条眉。"你们是谁，为何缠住我孩儿？"

外婆，是外婆！

我的天，我的外婆，她同我差不多大，二十余岁，脸盘略长，一双眼睛明亮坚强，正瞪着我。

我什么都不会说，也什么都不会做，只能呆若木鸡地看牢她们两母女，几次三番只能在喉头发出模糊的声音。

只听得方中信在一旁说："这位太太，真对不起，我们全无恶意，内子想小女想得疯了，小女上月遇意外不幸……你瞧，令千金同内人长得不是有点像吗？小女也正是这样的圆面孔大眼睛。内人一时控制不住，这位太太，请你不要见怪。"

我泪如泉涌，激动得不住抽噎。

方中信过来，把我的头按在他肩膀上。

"不，"我说，"不——"

"不要紧，"方中信说，"这位太太会原谅我们的。"

只见外婆脸色稍霁，她留神注意我的脸，点点头。母亲躲在她身后，非常好奇地朝我张望。

方中信替我抹眼泪，我抓住他的手帕不放。

外婆缓和下来："说起也奇怪，真的长得很像。"

老方说："不然内人不会这么冲动。"

外婆语气转为很同情，对女儿说："来，叫阿姨。"

母亲很乖，自大人背后转出来，叫我"姨"。

我张大嘴，不知叫她什么，又闭上。

"小女爱梅。"外婆说。

老方立刻打蛇随棍上:"太太贵姓?"

"小姓区。"

"区太太。"

"不。"

"区姑娘。"

外婆对这个称呼似乎颇为满意。

老方马上介绍自己:"我叫方中信,这是内人。"

外婆对我说:"方太太,你们还年轻,还可以有好多孩子,快别伤心了。"

我只得点点头,慢慢顺过气来。

她领起母亲,转身要走。

我连忙叫住她:"让我,让我再看看……爱梅。"

外婆立刻把女儿轻轻推到我面前。

我感激地说:"谢谢你,你真的仁慈。"

小孩穿得并不好,裙子已经放长过,裙脚上有明显的白色的一行折痕,一双橡皮鞋踢得相当旧,袜头的橡皮筋已经松掉。

外婆的经济情形并不好。

她衣着距离光鲜很远,全不合时。我知道,因为老方带我到过时装店。

　　我还在依依不舍,老方已推我一下:"人家要走了。"

　　我只得放开她们。

　　小小的邓爱梅向我说:"再见,再见。"她的声音清脆响亮,如云雀般。

　　老方拉着我离开华英小学。

　　"嘘,"他说,"险过剃头。"

　　我犹自怔怔的。

　　他逗我:"哭,原来只会得哭,咄,没用。"

　　我把手帕还给他。

　　他不会明白,外婆病逝那年,母亲只得五岁,想到这里,我浑身颤抖起来,这么算来,我岂不是适逢其时?

　　"喂喂,内人,放松一点。"

　　"老方,我外婆要去世了。"我惊恐地说。

　　"你怎么知道?"他瞪大眼睛。

　　"聪明人,你怎么不动动脑筋,是我母亲告诉我的。"

　　"哟。"他发现事态的严重性。

　　"她死于——"那个苦思不得的术语忽然冒出来,"心脏病,是不是有一种病叫心脏病?"

"是的。"

"没有医治的方法？"

"有，但死亡率奇高。"

我瞪着他。"但是你有钱，有钱也不行？"真的发急了。

"小姐，金钱并非万能，家祖父亦因心脏病猝死，这正是阎王叫你三更走，谁敢留人到五更。"

"你一定要帮我。"我红了双眼。

他怪叫："你真是匪夷所思，我几时不帮你？但我没有超能力，我只是一个凡人，我的能力有限。"

"难道只能眼睁睁看着外婆病逝？"我喊出来。

"恐怕只能这样！生老病死在所难免，谁愿意守在病榻边看至亲吐出最后一口气？可是每个人不得不经历这种痛苦的过程，又不是你一个人，噫。"

"我不甘心！"

"谁会甘心？"

"太没意思了。"我掩住面孔。

"去同上主抗议呀，去呀。"他激我，"你这个人。"

我在路边长凳上坐下，再也不肯动。

"别难过，陆宜，"老方攀住我肩膀，"至少你可以留下照顾你的母亲,她才一点大,没你就惨了。"

我一震,张大嘴,又颓下来。"我能为她做什么?我自身难保。"

"有我,"他拍胸口,"照顾你们母女,我方中信绰绰有余。"

他是那么热情,我忍不住与他拥抱。

是夜我们想好一连串计划,方中信认为我们的开头很好,已争取到外婆的同情。

"以后你出现就不会突兀,"他说,"而且爱梅那么像你。"

我说:"我像她才真。"

"她是个聪明可爱的小朋友,你小时候也是那样的吗?"

"我不知道,我不记得。"

"你什么都不记得。"他不满得很夸张。

"看,你不明白,我是个很忙碌的事业女性——"

"这种借口我们现在已经开始流行,忙忙忙,每个人都以忙为荣,喝着无聊的茶,吃着应酬的饭,嘴巴便嚷忙,造成一种社会没了他便会塌下的假象,忙得如无头苍蝇。小主妇边搓麻将边呼喝儿女做功课,也是忙的一种,忙得简直要死。"他叉着腰,"原来你们并没有进步。"

我闭上嘴。

"要不是来这里一趟,我打赌你永远不知道你外婆姓区。"

他说的完全是事实。

"好,听清楚了,计划第一步——"

计划第一步:我手中捧着一大盒方氏出品的精制巧克力去到校门迎接母亲。

穷管穷,她非常有教养,知道我手中有好吃的东西,大眼睛露出渴望的神情,但尽量压抑着不表示出来,才这么一点点大,就晓得控制忍耐,真不容易。

外婆来接孩子,我求她接纳糖果,难得的是,她亦非常大方,见我诚恳,便收下那盒子,母亲开心得雀跃。

我没有道别的意思。计划第二步:希望做她们母女的朋友。

外婆上下再度打量我,客气地说声高攀不起。

我不是一个有急智的人,老方又不在身边,一时不能见机行事,竟呆在路旁。

也许是血统亲密的因子发作,外婆对我这个陌生女子有特殊的好感,也许是我脸上惨痛神情不似假装,感动她的心,她勉强地说:"方太太,如果舍下不是太过简陋,倒是可以请你来喝杯茶。"

"呵,不会,"我说,"不会不会不会。"

她笑了，笑我的冲动任性，可怜她年龄与我相仿，但已为生活折磨得憔悴。

我无限怜惜地看住她，不由得伸手去握住她的手。

可能是第六感影响她，她说："方太太，真奇怪，我仿佛认识你长远，好像你是我至亲，说不上来的好感。"

太好了。

爱梅见我们两个女人说个没完，便走到树荫下去，忽然之间，一个六七岁的小男孩似蛮牛般冲出来，故意撞在她身上，说时迟，那时快，爱梅仆倒在地，那男童要抢她手中的糖。

我根本没有多想，猛狠狠扑过去，出手如风，一手抓住男孩后衫领，暴喝一声："你作死，你干吗欺侮人？"

他想挣脱，我发怒，大力击打他膀子。"没家教的东西，我今天必不放过你。"

那顽童吃不住痛，号哭起来。

爱梅已自地上爬起，拍拍裙子，她对那男孩说："陆君毅，这是你第三次把我推倒在地上。我一定要告诉老师。"

陆君毅！

我脑子嗡地一响，手脚都软了。

那顽童把握这机会，立刻逃出我的手心，飞奔而去。

陆君毅，我的妈呀，陆君毅是我父亲，我刚刚竟失手打了我的父亲。

这时外婆跑过来说："方太太，他们班上的小同学时常这样顽皮，算不得真，不必紧张，那个陆君毅更是顽皮得全校闻名，天天吃手心。"

我父亲竟是这一号人物。

我连忙说："我见不得爱梅被人欺侮。"

"你这样喜欢爱梅，我真是感激。"

"区姑娘，我几时方便来府上？"我追问。

"明日好吗？"她给我地址，"我们明天见。"

"爱梅，明天见。"

我成功了。

松出一口气，累得几乎垮下。

趁老方在厂里，我返方宅淋浴。

站在涟涟水下，我才能放心思考。

陆宜，陆宜，有人叫我。

我睁大眼睛，这浴间只有我一个人，谁，谁叫我？这声音又来了，不住地骚扰我。

——陆宜,陆宜,马上同我们联络,集中精神,马上同我们联络,你必须排除杂念,集中精神。

我不相信这是真的,是谁在与我通话?声音似在我脑中发出,不,不是声音,是思维。我骇然,先是走错空间,继而有外太空人要侵占我的思想,祸不单行,我命休矣。

我自浴间湿淋淋跳出来,卷一条毛巾,奔到房间去。

一路喘气,匆匆套上衣裳。

那声音停止了,我摸摸面孔,看看四肢,我还是我,才缓缓镇静下来。

"陆宜,陆宜。"

又来了,我尖叫。

"陆宜!"有人推开门。

"老方,是你?"

"还不是我,你难道还在等别人?"他挤挤眼。

"这不是开玩笑的时候,老方。"

"可怜的陆宜,永远像受惊的小鹿——咦?"他捧起我的脸看。

我拍下他的手。"干吗?"

"去照镜子,快。"

他把我拉到镜前,指着我眉心。"看到没有?"

"金属片此刻还是暗红色的,刚刚简直如一粒火星。"老方说。我目瞪口呆。

"陆宜,现在你总可以告诉我了吧,这一小块金属片到底是什么东西,有什么作用?"他疑惑地说。

我瞠目结舌,说破嘴方中信也不会相信,我实在不知道它除出协助学习之外还有什么作用。

"它协助记忆。"

"真的?"老方一点也不相信,"啊,真的?"

我不想再解释,这与沉默是不是金没有丝毫关系,将来是否会得水落石出亦不重要,我只是不想花力气多说,况且我对得起良心。老方叹口气:"好好好,每个人都有权保守他的秘密。"

先入为主,他一口咬定我有秘密。

我用手托着头,不响。

"希望将来你会得向我透露。"他无奈。

要我交心。我知道他为我做了很多,但这还不是我向他交心的时候。

我在时间的另一头还有家庭,那边的男主人亦怪我没有全心全意地为他设想,所以我们的关系濒临破裂。

我深深叹息。

"别再烦恼了,"老方说,"我仍是你的朋友。"

"你为什么对我这么好?"

"你不知道?"

我摇摇头。

"因为你蠢。"

去他的。

门铃急响。

我拍手。"啊,又有人找上门来。"

老方脸上变色。

"老方,"我乐了,"欠债还钱,六月债,还得快。"

"别去应门。"他说。

我摇头。"避得一时,避不过一世。"

门铃继续大响。他的车子停在外头,来人知道他在家中。

"你回避一下。"

"为什么,我堂堂正正,干吗要躲?她们是你女友,我又不是,我怕什么。"

"好,有什么闪失,莫怪我没警告你。"

老方去开启大门。

我嗅到一阵香风,似兰似麝,我连忙深呼吸。

一位圆脸的少女冲进来大声说:"大哥,你搞什么鬼,全世界都说找不到你。你躲在家中做什么,孵鸭蛋?"

老方见了她,松口气。

"又在恋爱了是不是?"少女呵呵呵地笑,"你这个永远在恋爱的男人,真服了你。"

老方笑说:"小妹,你在说什么,来来来,我给你介绍一个人。"

"谁?"小妹转过头来,看到了我。"啊。"她叫起来。

呀,我也失声。

她襟上,她襟上别着一只金刚石的胸针,晶光灿烂,模样别致淡雅,显然是件精工设计的艺术品。我一见之下,浑身汗毛都竖了起来,这是我母亲最心爱的饰物,天天戴在身上,寸步不离。

此刻怎么会到了老方的小妹身上?

不不不,话要掉转来说才对。五十年前,它原是老方小妹的装饰品,若干年后才落在母亲手中。

"大哥,你怎么不早告诉我?难怪人影都不见了。"小妹同她大哥一样,是个很热情的人物。

我的目光仍然无法离开那枚胸针。

老方说:"小妹,你与你的大嘴巴。"

我试探地问:"小妹是——"

"他没提过我?"小妹嚷起来,"我是他堂妹,我父亲同他爹是两兄弟,我俩同一祖父母,我也姓方,方氏糖厂我占百分之二十股份。"她呱啦呱啦全部交代清楚。

"幸会幸会。"我说。

"老方不是坏人,他只是浪漫,他——"

"小妹,你别说了好不好?"

他怕她越描越黑。

这两兄妹真是对妙人。

"一见你就知你是真命天子,"小妹豪爽地自襟上取下胸针,"喏,给你,见面礼。"

我实在渴望得到那枚胸针,注定的,我不收下也不行,它无论如何都会落在我手中,由我转交给母亲,时间已经证明这一点。

我伸出手去接过它。

它沉甸甸、冷冰冰地在我手心中闪出晶光。

"谢谢。"我说。

老方喜悦地说:"小妹,真看不出你这么大方,我一定补偿你"。"而你,"老方看着我抓头皮,"没想到你会收下。"

小妹笑道:"我最喜欢快人快事,生命这么短,哪儿容得浪费?光阴宝贵。"

我陷入沉思中。

六

女人最不好就是这一点,得宠的时候立刻骄矜,失运时马上紧缩求全。

啊，母亲童年时所遇见的神秘女客，她的身份已经明朗，她是我，她是我，她是母亲的女儿，她是我。

当然，除出至亲骨肉，还有谁会尽心尽意爱护她？原来一切已经在五十年前发生过了，我此刻不过照着轨迹再做一遍，重复所有细节，这是唯一的一条路，身不由己，这是我们母女俩的命运。

方中信在我耳边轻轻地问："又在魂游太虚？"

我悲哀地说："我已经在太虚了，老方，我在太虚幻境。"

小妹叹口气。"我告辞了，恋爱中男女的对白没有人听得懂。我们改天见。"

"不送不送。"老方替她开门。

小妹转头凝视我："你的气质真独特，完全不像我们这些俗人。"

她翩然而去。

老方将胸针替我扣好。"很适合你。"他说。

我都没听进耳朵去。

现在即使有机会我也暂时不能回去,为着母亲的缘故。

第二天,我依着住址找到外婆家。

"摇啊摇,摇到外婆桥,外婆叫我好宝宝。"这是一首历史悠久的儿歌,描写祖孙温情,没想到今日我来到外婆家,完全是另外一回事。外婆与我年龄相仿,只有二十余岁。

外婆依时在家等我。

居住环境颇为恶劣,只租用一间古老大屋的头房,有窗,但对牢马路,嘈吵得很,灰尘亦大。幸亏天花板高,装一只螺旋桨,用电发动,带动空气,略见清凉。

这样小小地方,便是她们的家。社会贫富悬殊,我此刻才发觉方中信是巨富,他所住所吃所用,至为奢侈。

我这次来访,怕外婆怪我花费,只买了方中信推荐的蛋糕。

小小的爱梅在做功课,毕恭毕敬地抄写英文。

见到我,她站起来,到我跟前叫我阿姨。

外婆笑说:"你们才似两母女,长得那么像,左颊都有酒窝。"

我搂着母亲。"谁说我们不是,嗯?"

穷是穷,外婆没有自卑,极有气节。

她在一家小型工厂做会计,忙的时候可以很忙,孩子小时候,只得放在育婴院中,稍大,托好心的邻居照顾,略付茶资。

生活竟这般狼狈,幸好他们懂得守望相助。

我们这一代的女人幸福多了,国家负起养育下一代的大部分责任,不过孩子们太过刚愎坚强,永远不会像依人小鸟般可爱。

我不住抚摸小爱梅的头发,她十分喜欢我,一直依偎在我身边,说许多学校中的趣事给我听。她告诉我,陆君毅是多么顽劣,他怎么把小猫丢上半空,任由它们摔下。她说:"可怜的猫咪立刻急急摆动尾巴,一边喵喵叫,才能平安降落。"

外婆说:"小梅,阿姨对这些没有兴趣。"

"我有。"真的有。

没想到已经是两子之母的我,第一次在母亲身上享受到弄儿之乐。

小梅的观察力非常细致,她所说的,我都爱听。

我从来没有好好听过母亲说话,我也许回不去了,现在不听,什么时候听?

外婆说:"陆家环境不错,把唯一的孩子宠坏了。"

我点点头,爱梅会嫁他,她不知道,我知道。

时间过得真快,我不得不告辞,已经黄昏。

为了想更加名正言顺,我提出计划第三步,方中信说的,我可要求做爱梅的教母。

但外婆是一个高洁的人,她婉拒:"慢慢再说吧。"

我低下头。

"看得出你对小梅是真的好。"她说。

"星期六可以再来吗?"我恳求。

她点点头,也已对我产生了不能解释的、浓郁的感情。

爱梅同我说:"阿姨,你给我的巧克力真好吃,是我永永远远不会忘记的好滋味。"

我相信,她直到五十五岁还念念不忘巧克力,那时已没有巧克力了。我鼻子发酸,忍泪告辞。

方中信亲自驾车来接我,我一脸油腻,衣服都为汗所湿。

外婆家气温与湿度两高,不到一会儿就蓬头垢面,踏进老方的车子,如进入另外一个清凉世界般。

不公平,我心底嚷:太不公平,这人凭什么可以有这么大的享受,我迁怒于他,瞪他一眼。

"有没有劝区女士进医院检查?"

"我真不知怎么开口。"

"这么重要的事,"他发急,"你还扭扭捏捏?唏,女人!"

我嚷:"她是一个非常固执廉洁高贵的人,很难接近,你不会明白。"

"你的外公呢?"

"我没问,陌陌生生,怎么问?"

"饭桶,她明明是你外婆,我看你还是把真相说明算了。"

"她能接受吗?"

"大不了不接受。"

"弄得不好的话她会当我精神不正常,以后都不让我接近爱梅,那时怎么办?"

"倒也是。"

我恨方中信。"你再乱骂,同你不客气。"

"对不起。"

我挥挥手,托住头。

"你的外公到什么地方去了?"

"他离开了她。"

"去哪里了?"

"不知道,去找另外一个女人或许,我只知外婆独自把母亲带大。"方中信不再问问题。他的表情恻然。

我的鼻子发酸,看着窗外。

过很久很久,老方问:"要不要出去吃顿饭?"

我摇摇头。他说:"我已有十多天没出去吃饭了,闷得要死。"

我纳罕:"出去呀,你为什么不出去?"

"一个人怎么去?"

"那么找朋友一起去,你那众多女友呢?"

"你真不懂还是假不懂,你为什么不陪我?"

"我没有心情。"

"更要出去散心。"

"你们的食物我不爱吃。"

"你完全不会享受。"

"也许你说得对,科技越进步,生活细节越是简单。"

"今晚你打算做什么?"

"看电脑上的综合报道。"

"你指电视新闻?"

"是。"

"不出去?"

"不出去。"

他怪叫:"真没见过你这样的人,成日蹲在屋里,像老僧入定。"

"老方,为什么定要我陪你?"

"你难道全没有嗜好?"

"有,开快车。"

"我把车借给你。"

"这种落后的车我不会开。"

"那我同你去取你的车。"

"老方,不行呢,叫人发现了我更难做人。"

"可是成日在家发呆也不像话。"

"你的家居住着很舒适,我很满意。你心野,待不住,不表示人人要像你。"

我喃喃说:"如果我娘家有这里一半那么好,母亲就不必吃苦。"

老方说:"陆宜,我向你保证,我会照顾你母亲。"

"你真答允?"

"一定。"

"看着她好好受教育,生活上一点不缺?"

"我会。"

"老方,我如何报答你?可惜我没有法宝,又不懂点铁成金——"

"你真想报答我也容易。"

"你这个花花公子,可不准说过不算数,三分钟热度。"

老方啼笑皆非。"陆宜,照顾她不需我亲力亲为。是,我没有耐心喂她吃饭,或在她临睡前读故事书,但是我可以雇保姆。钱虽非万能,但也能做很多事。"

"你要我做什么?"我问,"我可没有治秃头的方子。"

老方凝视我很久很久,我开始有点不安,胃液受惊地搅动。他是个鬼灵精,不是要把我交给国防部吧?

我此刻不能走。

"喂!"我吃喝,"在动什么脑筋?"

他笑了,很温柔地说:"你是一只蠢母牛。"要待朋友施舍。

他从来没停止过侮辱我,这是他表示友善的方式,我已经习惯。把人弄得啼笑皆非是他的拿手好戏,同他在一起永不愁烦闷,难怪那么多女人喜欢他,倒不一定是为他的钱,说是为了他的巧克力更能令人置信。

他再笑,用手拉我的面颊。"你蠢得人家卖掉你你还帮人数钱。"

"只是譬喻吧,没有人要卖我吧,"我不悦,"你别老吓我,我会多心。"

"你放心,陆宜,我断不会想害你。"他忽然说得很认真很认真。

结果晚上我们没出去。

他买一种瓜回来,冷藏之后让我吃。味道佳妙,我把脸全埋到瓜肉里去,看得他哈哈笑。他有一丝忧郁。"这种叫西瓜的东西不会绝种吧。"

"这是西瓜?"我一怔,"西瓜哪儿有这么好吃?"

老方说:"听你形容,真不要做未来世界的人,什么都没有,即使不绝种也变质,一点享受都无,活着唯一的目的便是使科技更进步,但越先进生活反而越贫乏。"

我不语。

他补一句:"而且女人越来越笨,连最可爱的敏感度都消失了。"

"你生气是因为我没有异能?"

他又静下来,伸手在我额前点一点。

旧式电脑上的报幕员大声疾呼:"有可能爆炸的本国'辛康'四一三型通信卫星今天飘入太空,加入其他环绕着地球的数以千计的人造太空碎片。本国太空人昨天未能把这卫星送入有用的轨道。

"空中防卫指挥部负责侦察对北美洲大陆的天空及太空袭击,它形容太空'实际上是一个垃圾箱'。

"该指挥部计算,太空约有三千件金属物体——火箭碎片、无用的太阳能屏、'死了'的人造卫星以及各种废金属。

"这些碎片有三分之二是在三万六千公里高空的一条对地静止轨道上。它们即使不是无限期逗留该处,也会逗留许多个世纪。

"最危险的碎片是位于距离地球二百至五百公里的低轨道上。

"这些在低轨道的碎片,有许多在降至地球大气层时便焚毁及解体,有时则会坠在地球上。自从世界第一颗太空人造卫星'人造卫星一号'于一九五七年十月四日发射后，约有一万件碎片物体脱离轨道。

"坠到地球的概率如何却不清楚。太空总署吩咐太空人在太空漫步时，不要在太空丢弃任何东西，'即使是一个扳手或一支笔'，因为它们有一天可能引起大灾难。"

真惊人。

侧头看着老方，他正在喝老酒，一点没有注意这段新闻。嘿，还说我笨，他自己才愚不可及，太空垃圾不加以控制，将来吃苦的还不是普通人？但一天没事发生，他们一天不去想它，大安主义。

科学家会越来越疯狂，越来越大胆，结果市民开快车不小心便会走到五十年前去，有家归不得。

我气愤。

是，我是不必担心孩子们，他们有国家青年营；我亦不必挂念老伴，他有电脑伴侣。我只是替自身不值，在这里要什么没什么，一切要待朋友施舍。

我说："老方，教我用通话器，我想与母亲说话。"

他放下酒杯。"现在的母亲，还是将来的母亲？"

"小爱梅。"

"你见她已经很频密了。"

"我很紧张,不知道外婆几时发病。"

他叹息一声。"所以,能知过去未来有什么好,有什么用?你根本不能改变注定的事实,反而担惊受怕,吃不下睡不着。"

我不语。

"明天有一个很重要的会议,我要休息。"他说,"人家喧茜厂每日可以制造两百五十万颗巧克力,方氏远远落后,真得召开紧急会议。"他停一停。"明天你打算做什么?"

"我不知道。"

"抽屉里有现钞,城里有一个很精彩的中国画展览,我可令司机送你去。"

"我什么地方都不想去。"

"随你。"

他进房去。

老方将来会与小爱梅亲密相处,她一定对他有印象,可恨我一向没有留意母亲的申述。唉,瞎忙,老方骂得对,成日对牢一台电脑做事业。老板升我一级,给一点甜头便兴奋得似捡到骨头的小狗般吠叫起来,乐得团团转,把身边最宝贵的东西全忽略了。

让我看。

老方今年约三十岁,五十年后他也不过八十岁,在我出生那年,他应是五十四岁。

但为何我从来没见过他?

我跳起来,心都凉了。

只有一个可能,他在我出生之前已经去世。

那意思再简单没有。

他没活过五十四岁。

我呆住,多么可惜,这么活泼爽朗能干的一个人,如果能够长命百岁,一定对社会有贡献。

即使在五十年后,我们仍然可以成为好朋友。他这种性格的人,越老越可爱,越老越风趣,不但与我能玩在一起,甚至与我的孩子们也能相处。

我为老方难过起来。

"陆宜。"

我转头,老方没睡着。

我强笑。"不是说明天要开会?"

"陆宜。"他走过来,蹲在我身边。

老方的面色不甚美观，一额的汗。我一惊，他不是笨人，难道他也想到了？

他伏在我膝上。"陆宜，我不会有机会看到你出世。"

我很震动，紧紧握住他的手。

我勉强地说："也许你同我母亲闹翻了，也许你没有良心，在我母亲成年后就与她失去联络。"

"不。"

"别太肯定。"

"以我这种脾气，即使失败，寻到天涯，也要把你找出来，可是或许你忙着谈恋爱呢，没有空去找一个旧朋友。"

他微笑。

"是不是？"

他握着我的手。"陆宜，或许四十岁也够了，甚至三十五岁也可以，生命只要好，不要长。"

我却深深伤怀，故意找借口来分散他的注意力："我知道，后来你娶了个恶妻，不准你同任何女性交往，她如传说中的晚娘一般，把我母亲驱逐出家门……"

"我是那么愚昧的男人吗？"老方说。

"男人要为一个女人倾倒起来，是一点都没有办法的事。"

我说。

他凝视我。"你说得太正确。"

我郁郁不乐。"像你这样的人,应当活到一百岁。"

"谢谢你陆宜。"

"或许你应当注意心脏,人造心脏并不是什么稀罕的东西,成本只需三十五美元。"我说。

"不是现在。"老方说得很平静,"现在靠人造心活着的病人非常痛苦。"

"如果把发展武器的精力拿来——"

"——发展医学,"他接下去,"人类早已长生不老。"

他笑起来。

方中信真是一个豁达的人,这是他最大的优点。他随遇而安,珍惜他所拥有的,不去妄想虚无缥缈的东西。

死亡是他所惧,但绝不影响他活着的乐趣。

我深为感动。

将来同他一起生活的女子,是一个非常幸福的女子。

"不要为我担心。"他说。

我假装不在意。"才不会,我自顾不暇。"但声音已经出卖了我。

"你看我的生活多么丰足，"他说，"行乐及时，别去想它。"

说罢他回房去。

隔很久很久，我推开他的房门去看他。

一点也不是假装，他鼻鼾如雷，睡得好不香甜。

天生乐观。

我轻轻叫他："老方，老方。"

他自然没有听见。

我放下一颗心。

第二天我起来的时候，他已经去上班。

我一个人坐在方宅，有点六神无主，看到他的司机在门口等，便上车去。

司机转头问我："是去画展吧？"

我点点头。

一路上骄阳如火，行人挥着汗。

我闭上眼睛，害怕会再度听到那神秘的声音。

但是没有，我过虑了。

这是我第一次单独来到公众场所，展览会中众人彬彬有礼，递饮料给我。

我指指那种绿色瓶子有天然碳酸气的矿泉水。

气氛那么平和,我安乐地坐在安乐椅上看牢一幅山水画。

我不甚懂艺术,但一切艺术的至大目的都是要叫观者赏心悦目,只要看得开心就行。

我接触到一个熟悉的背影,苗条优雅。

这正是我要找的人,我跳起来,这是那位先生的伴侣。

"夫人,"我惊喜地叫她,"你自南极洲回来了。"

她转过头来,淡妆的脸略表讶异。

"没想到会在这里看到你。"我雀跃。

"你,还没有回去?"

"没有。"我看看四周围的人。

她与他们敷衍几句,与我走到僻静角落。

这么高的温度,她穿着套装,却冰肌无汗,我不禁暗暗佩服她。"你竟在此逗留这么久。"她意外。

"我在等消息。"我愕然。

"什么消息?"

"方中信说,你们会给他消息,但你们非常忙,所以叫我等。"

"我不明白,我们早同他联络过了。"

我张大嘴。方中信没跟我说过,他提都没提过。每次我说起，他尽是推搪、支吾，顾左右而言他，直到我找到母亲，要走也走不掉。一定是坏消息，所以他不想我知道，免得我失望难过。

"可是有绝大的困难？"

"幸亏我们一个朋友有——"夫人忽然停止，"小方没同你说？"

"没有。"我心都凉了。

耳边嗡嗡响，方中信骗我。

他说他会设法，他说那位先生正在进行事宜，他叫我等。

他为什么骗我？有什么不良企图？正当我向他推心置腹的时候，他把香蕉皮扔我脚下。

夫人温柔地说："陆小姐，我想还是由你向他问清楚的好。"

那么斯文的一位太太，当然不肯夹在我们之间搅浑水。

"夫人，请告诉我，我回去，是不是有困难？"我尽量问得婉转。

"有可能做得到，况且你那边也不会放弃，一定会搜索你，把你带回去。"夫人说。

"你都告诉了方中信？"我说。

她点点头。

我苍白着脸,不用多说,方中信出卖了我。

"陆小姐,我想你该回去同方中信说清楚。"

回去?我还回去干什么?

我还去见方中信?

夫人把手按在我手上,她的手很凉,像一块玉,接触到她的手有安抚作用。我抬眼看着她,相信她也看得出,我是何等失望,何等害怕,何等彷徨。

一直以来,我都以为方中信是我的朋友,之所以坚强地在陌生的环境支撑着,都因为有他做支持。

没想到他会把这等大事瞒着我,欺骗我。

我作不了声。

夫人却开口:"陆小姐,我认识小方有十多年,他为人略为冲动,却不失真诚。你且莫忙,跟他谈谈再说,他一定会有合理的解释。"

我低下头。

"他不会伤害你。"

"你怎么知道?"

她扬起一道眉,很诧异,细细地看我,像是不相信我会问这样的问题。

"夫人,我在这里,叫天天不应,叫地地不灵,要紧关头,可否与你联络?我答应你,非必要时,绝不骚扰你。"

她温柔地说:"四海之内,皆兄弟也。你随时可以来。"她把通信地址与一个号码写给我。

我感激不尽:"谢谢你。"

"陆小姐,做朋友呢,是长期论功过的。虽然你只认识小方短短十来天,他对你怎么样,相信你比谁都明白,切勿为了一件事而推翻他的友谊。"

"是。"我低声说,"要不要我送你回去?"

"不用,我有车子在外头。"夫人说,"你自己要当心。"

"是。"

夫人与我握手道别。

我下楼上车,一颗心紧张如绞,平时的组织能力与思考能力都不知去了哪里。

这个魅惑的地方真要了我的命,我该怎么办才好?

去找方中信。有一个声音同我说:要去找方中信。

我同司机说:"麻烦你,我要去见方中信。"

司机应声是,把车子掉头,往厂房驶去。

就是这条路，十多天前，我来到这个城市经过的第一条马路便是这条双阳路。

真的才十多天？仿佛已经一个世纪，我惘然。

真的去找方中信同他谈判？

我迅速地盘算一下：我此刻一无所有，外婆与母亲等着我援手，除此之外，举目无亲。

这不是闹脾气的时候，我在自己的世界，与男人斗法，还可以假装失踪，让他担心、着急，其实人在亲友家吃喝聊天。

现在我到什么地方去？

总不能到外婆家，增添她的负担。

还是去找方中信，但切忌轻举妄动。

车子驶入糖厂，那阵甜香的糖雾降至我身上，如进入童话世界般。

我深呼吸一下，努力镇静自己。

我上写字楼的时候，方中信刚下来。

他开完会，正要回自己的房间，见到我，先是意外，随即双眼闪出喜悦，完全不是假装。如果这一切都是演技，那么方中信这个人太可敬可怕可佩，栽在他手中也是值得的。

这样一想，倒是豁出去了。

他把我领到他的写字间。

"怎么想到来看我？"他喜滋滋地问我。

我不响，坐下来。桌上有银质的碟子，放着巧克力，我抓起一把，丢进嘴里。

方中信看我一眼。"哗，面如玄坛，怎么一回事？"

真没用，七情上面。

在我们的年代，为了节省时间，除了做夫妻之外，根本不用搞人事关系，人们可以专注工作，所以表面功夫甚差。不比他们，善于掩饰，懂得隐藏喜怒哀乐。

"怎么一回事？"方中信诧异，"什么地方不高兴？"

我问道："我为什么要高兴？"

他有点不安。

我愤慨地看牢他，气得双眼发红。

他意识到有事不妥，但还想补救。

他试探地问："可是外婆那边有什么不妥？"

"外婆很好。"

"小爱梅呢？"

"她亦很好。"

方中信摊摊手，勉强地笑："那你干吗像来大兴问罪之师？"

他真聪明，一上来，起码把事情猜到九分。我无谓含蓄，索性揭盅好了。

"你为什么不让我回去？"我问。

他一听便晓得我说什么，表情僵在那里，动作也停止了，整个人似被魔术师用定身法定住，非常滑稽夸张，但我没有笑。

我瞪住他，他瞪住我，像两只竖起毛、弓起背的猫，随时相扑撕咬。

什么涵养忍耐都不管用了，我先发制人，大喝一声："方中信，你骗我！"

门外的工作人员听见这一声暴喝，都吓得一跳，不约而同地转过头来看。

方中信用似木偶般生硬的动作掩上门，回来颓丧地坐在沙发上，低下头，不出声，忽然之间，他像是老了十年。

"我遇见那位先生的夫人，她说有办法送我回去，一早已告诉你，你为何瞒着我？"

他不发一言。

"你非法拘禁我,你没有权这么做!"我的声音越来越高,"你明知我那么渴望回去,我要你即刻同那位先生联络!"

他仍然不发一语,像是已被判刑的犯人。

"你认不认罪?"我逼问他,"认不认?!"

自己先悲从中来,精神压力太大,唯有哭出来。

隔很久很久,我们都没有说话。

办公室的墙上有一列玻璃砖,可以看到外头人影幢幢,都是想看热闹的人。

闹僵了,我太不会处理事件,使方中信颜面无存,丢尽面子:有这么一个女子,认识他没多久,便上来摊牌哭闹,使他恼羞成怒。完了。

我没听夫人的忠告,我令自己下不了台。

我刚想站起来离去,方中信却将一方雪白的手帕递给我。

他喃喃地说:"哭哭哭,就是会哭。"

我说:"我现在去找夫人,她答应帮我。"

"好,我陪你去,任得小爱梅给我照顾好了。"

我一震,在盛怒中我忘了她们。

走,怎么走?

方中信看着我，他目光中闪出狡猾胜利的神色，眼睛出卖了他，他的表情仍然凝重惶恐。

狐狸，这是一只狐狸。

我悲哀地说："至少你应让我知道我走得成。"

"就是未必走得成。"他得到机会，立刻发表演说，"我可以带你到小纳尔逊先生处三口六面对清楚，这只是一项实验。你以为科技真的进步得可以使人在时间中往来自若？即使是你那个年代，也没有那么容易，否则你的亲人早就把你接走了。"

我仍然不服："你应把事实告诉我。"

他呆了一会儿，忽然说："我不想你走。"

我抓住他的小辫子："是不是？可认罪了，你是有私心的，为什么？"

他骂："你这个女人蠢如猪，为什么为什么，一天到晚就会问为什么，不用眼亦不用心，全世界人都知道，就是你还问为什么。"

我坚持要知道。"我不是你们世界的人，弯弯曲曲的肚肠，我不会猜哑谜。"

"好，我告诉你。"方中信说。

"说。"我说。

"我不让你走,因为我自私,我一早已爱上了你。明知你一离去,今生今世都无法再见到你。因为我短命,因为我自知无法活至二十四年后,待你出世,待你成长,再度追求你,爱你一次,"他几乎是握着拳头叫出来的,"所以拘留你,不让你走!"

说完之后他激动地喘气,无法站直,靠在墙上,闭上眼睛,叹息一声。

我结结巴巴地问:"爱上我?我?"

他吐出两个字:"白痴。"

我不敢看他。

怎么回事,他说真的还是说假的?爱上我,他?

方中信说:"我知道,留得住你的人,也未必留得住你的心。"他呆住,好似猜不到自己会说出这么老土的话来,他笑了。"留不住她的心,哈哈哈,要命,报应到了,没想到我方某人也会有今天,这番时辰到矣。"他继续笑,笑得那么厉害,笑得眼泪也流出来。

他用手去揩眼泪,慢着,他不是在笑,他哭了,他怎么会哭?不,他是笑出眼泪来。

我把手帕递给他,双眼看着窗外。

心底产生奇妙的感觉,前所未有,有点酸,有点饱胀,有点难过,有点愉快。

"咄,"他还在发脾气,"竟会爱上低能儿。"完全不甘心,一副心不由主、怨气冲天的样子。

我再苦恼也笑出来,方中信这个人,滑稽得不似真人,像戏中的喜剧人物。

随即觉得不应该笑,他这么苦恼,且莫论真假,看样子已筋疲力尽。

他说下去:"我可不关心你打哪里来,是不是天外异客,抑或是妖精化身。我只知道,那日在厂中开完会,精疲力竭,蹒跚地走出来找车子,看到你站在停车场,一照面,就浑身通电,再也来不及,一切太迟了。"

方中信的声音中有无限苦楚,具一种力量,吸引着我,叫我默默听下去。

"你以为我这么容易让陌生女人上车,又把她们带到家中?"

"老方我——"

"你完全不懂,你这个人全然没有感性,你的敏感度同咱们的坐厕板有的比,你——"

"老方,你可否停止侮辱我?"

"你一点感觉也没有,你是一个橡皮人,木无知觉,枉我这样对你。"

我啼笑皆非。

他拉起我。"来,走吧走吧,我们马上找有关方面把你送回去。"

我甩开他的手。"听你说起来,我好像要走就可以走,要来就可以来似的。"

"我不要再对牢一个不懂得感恩的女子,你日日怨天尤人,我已听腻。"

我静默地坐下来,第一次,第一次检讨自己的过失。

老方说得对。

我流落异乡,又不是他害的,一直把怨怼发泄在他的身上,就是因为他对我好。

女人最不好就是这一点,得宠的时候立刻骄矜,失运时马上紧缩求全。很少有我外婆这样,失意间还庄敬自强。比起她,我实在太肤浅太幼稚。

"老方,"我伸手过去,"咱们还是朋友。"

"请你不要再叫我老方,我痛恨这个称呼。"

这人要得寸进尺。

"而且我不是你的朋友,你几时见过朋友对朋友有这样两肋插刀的例子?"他把我抢白得抬不起头来,"我若没有私情,不会尽力帮你。我若不是爱你到极点,也不会放弃以前的女伴。"

"好了好了,我都明白了。"他挥挥手,"我再也没有力气了,你先回家。"

"你呢?"

"你想管我?"他凶起来。

终于动真怒,还是爱得不够。我并不打算付出什么,故此立刻投降,举起双手。

"对不起,对不起,"我说,"得罪你,请你包涵。"

我立刻退出老方的办公室,急急走出走廊。他们铺地用的材料硬度很高,不能吸收声音,我的脚步声一路噔噔噔地传开,空洞寂寞。

我怎能跟他争辩呢,他认为他懂得爱。我叹口气,这种斤斤计较的感情叫作爱?付出一定要得回来,万一得到不够,立即翻脸相向,这便叫作爱?

可悲的是,甚至在我们的世界里,情操仍然普遍落后,同他们没有大差异。人人用尽手段向对方榨取,十年得益不够还要二十年,二十年过去图望三十年,往往此类感情寄生虫还称这种手段为永恒的爱。

我在方中信身上吸血也有好一段日子了,他什么报酬也得不到,难怪要嚷嚷。

走到空地,不禁悲哀起来。我像离了水的鱼、掉了秧的瓜,不知何去何从。

司机驾着车缓缓驶到我身旁,我略觉安慰。即使在自己的世界,也不能问何去何从这种大问题,徒然心烦意乱,最好是走到哪里是哪里。

不坏呀,我同自己说,来了这里没多久,已经认得三户人家,即使老方踢我出来,我还能到外婆或是夫人的家去挨一挨。

不应太悲观,已经混得不错了。

我得到什么地方去兜个圈子,等老方息怒再说。

我问司机:"女人在这种钟点多数去什么地方?"

司机说:"去吃茶。"

"请带我到吃茶的地方。"

他把车子开出。

那地方是一个喧哗的大堂,几十张桌子,坐满各式各样的男女,从十六岁到六十多岁的都有,都打扮得花枝招展,我看他们的当儿,他们也朝我看。

侍者找空凳子给我坐下,我要了一杯水喝。

户外海水在太阳照射之下金蛇狂舞,眼睛都睁不开来。

户内有空气调节,并不影响茶客们悠闲的心情。

我感叹,端的不可思议。这么多人,在同一时间内,无所事事,不参与生产,在这里享乐,他们何以为生?

刚在出神,有一位年轻男士走过来。

"小姐,可否打扰你?"

我立刻警惕:"不可以。"

他一怔。"小姐,"他掏出一张卡片,"我姓徐。"

"我不认识你。"

他听我这么说,有点困惑:"不要紧,我是个电影导演,只想问你有没有兴趣拍戏。"

我连忙摇头:"没有,没有。"

他笑了,对我更有兴趣。"我可不是坏人,你留下卡片,回去考虑一下,再给我消息。"

我瞪着他,他有礼貌地回到自己桌子上去,就听得他同茶友们说:"真正美……不食人间烟火。"然后他们齐齐转过头来看着我。

我浑身不自在,站起来走。

侍者过来说:"小姐,请结账。"

啊哟,我口袋没有钞票。

侍者笑眯眯,好耐心地等候。

我面孔涨红,心怦怦地跳。

正在这个时候,忽然有人说:"让我来。"

我惊喜地叫:"老方,你怎么知道我在这里?"

他从口袋里取出现款交侍者,转过头来白我一眼:"每次你有难,我眼眉会跳,坐也坐不稳,赶了来救驾,不是为你,是为我自己。"我只得赔笑。

他细细看我,叹口气,拉起我的手。"走吧。"

这时那位徐先生叫住老方:"喂,方公子,请留步,慢走。"他同老方像是非常熟络,抓住他的衣袖,一拳击在他的臂上。"真有你的,女朋友一个比一个美,女人没有一个逃得出你的五指山。"

老方一边将他一手推开,说"你乱说什么",一边偷看我的表情。这个时候,我才知道,老方是怕我多心。

我怎么会呢，非要同他讲明不可，我并没有，也不打算爱他，在远处我有家有室，千丝万缕的关系，不是丢下便可走的。

徐先生对老方说："要找她当我的女主角，肯不肯？"

老方认真地同他说："你要是再动歪脑筋，我把你的头切下来当球踢。"

徐先生并不怕，但他说："哗，你一向游戏人间，这会儿怎么板起面孔做人？"

老方对我紧张，更使我手足无措，都一大把年纪，且是两子之母，如今才遇上追求者，多么窘。

老方说："我们走。"

也不同徐先生说再见。

我问老方："你怎么找到我的？"

"知道你要闯祸，能不发疯似的找？"

我低下头。"没有你还真不行呢。"

他双眼忽然润湿，但声音比什么时候都硬："这话为什么不留待抚棺痛哭时才说？"

我忍耐着不发话。无论怎样不善表达，他心中是对我不错的，我必须笼络他，不为自己，也为母亲。

司机把我们载回去。

七

任何人都敌不过时间大神,全人类得乖乖听令于它。

老方火发得筋疲力尽，回心转意，又恢复原来面貌，装作什么都没有发生过，让我下台。

开了大门，他说："闭上眼睛。"

"嘎？"

"闭上眼睛，给你一个惊喜。"

"是什么？"

"别问，听话。"

他那孩子气又来了，我只得闭上双眼。

他把我带到房内，同我说："睁开眼。"

我照做，看到书房内放着一座庞然巨物。看仔细了，原来是台半世纪前的电脑，又笨又重，是用软件那种。我信手按下开关，磁带转动，累赘不堪，如盘肠大战，灯泡半明半灭，活脱似低成本科幻电影中之道具，老方打什么地方弄来这个活宝？

"怎么样，"老方兴奋，"还可以吧？最新式的BX15890型电脑，我知道你们那里的玩意儿要先进得多，但作为玩具消遣，恐怕它也能为你解除寂寞。"

原来是老方的一番好意，我连忙道谢，装出好奇的样子来。

唉，怎么办呢？

这使我想起古老的传说来：一个渔夫，在海洋中捕捉到人鱼，为了使她在陌生的环境中生存下去，在家建造水池……这是没有用的，一缸水怎么跟大海相比？

科技日新月异，在我们那一代，电脑整个概念已变，根本不需要通电，亦无须利用荧光屏。不可能？对两百年前的祖先来说，手电筒亦是不可能的。

我没有兴趣，如人鱼一样，我渴望回到大海去。

我口中问老方："很名贵吧？别浪费金钱。"

他矜持地答："还好，只要你高兴。"

"我高不高兴有那么重要吗？"

"有，很重要。你不快活，我亦不快活，为求自己快乐，先要使你快乐。"

他又来了。

"明天去看你外婆?"他问。

"已经约好。"

"叫她到医院去,我替她找最好的心脏科医生。"

"历史证明她的生命只有这么一点。"

"你既然来了,就得尽人事,况且她热爱生命。"

"她确实很坚强,换了是我,早垮下来。"

老方凝视我。"不见得。"

我不语。

"要不要试试这台新玩具?我不妨碍你。"他识趣地退出。

事情拆穿后,他对我更好,努力想我适应新环境,最好留下来。

母亲说什么来着?我坐在古董电脑的屏幕前思索。她说,在她年幼丧母的困难时期,有一位好心的阿姨,尽心尽力照顾她。

那位女士后来怎么了,亦即我后来怎么了?为什么没好好听母亲说什么,每想到此,真想撞墙。

为何母亲从来没向我提到方中信这个人?他后来有没有照顾她,有没有遵守诺言?

我发誓如果回到母亲身边，我要坐在她对面，做壶好茶，叫她从头细说。

我看着面前的电脑，打个招呼，对不起，我没有兴趣劳烦阁下。

叹口气，还不敢出书房，怕老方多心不悦，早懂得这样迁就伴侣，就不必事事吵得青筋毕露。

方宅的空气调节器虽然降低气温，奈何使人眼干鼻燥。倘若不小心坐在风口，半边头会痛，满屋子找不到舒适的角落。没想到人类仍然处于与大自然搏斗阶段，原始得要死。

老方说我运气不坏，这五十年科技总算认真进步，倘若再退五十年，女人还要缠足。还有，弄得不好，闯错地方，到蛮荒地带去，更不堪设想。

正当你认为事情不可能更坏的时候，它偏偏会转为黑色。

这台电脑不能帮我，它仍在无知阶段，要喂它无数资料，让它咀嚼消化，才能为我提供学问，这起码要三五载时光。老方倒是希望我留下来，我不。

我只盼望明日去见家人。

星期六没等到约定时间，我已蠢蠢欲动，换好衣服，总挨不过时间，索性早点去也罢，不会怪我不礼貌吧。

司机把我送到外婆家，没进门就觉得不妙，一大堆邻居挤在门口，只听得小爱梅的哭声。

我大力排众而入，只见爱梅被一位婆婆拥在怀中，惊恐地哭。穿白衣的救护人员正把担架抬进狭窄的走廊。

"什么事，什么事？"我心急如焚。

"让开，让开。"男护士推开我。

那婆婆认得我，气急败坏说："是邓嫂，明明在熨衣服，忽然倒地不起，我们连忙叫了救护车。"

担架抬出去，外婆躺在上面，面孔金紫色。我一手抱起爱梅，一手去搭外婆的脉搏，慌忙中什么也探不到。救护人员一掌推开我："只准亲属跟车！"

我同婆婆说："这里请你们多照顾。"

没想到婆婆百忙中极细心。"你是谁，就这样抱走爱梅？"

我已舌焦唇燥，更不知如何解释，眼看担架已下楼，而婆婆还拉住我不放。

谁知爱梅忽然说："我跟阿姨走，婆婆，我要跟阿姨走。"

邻居们说："让爱梅跟这位小姐吧，她们是亲戚。"

婆婆再犹疑，我已经抢步而下。

方家的司机在门外急出一头汗。"陆小姐，这是怎么回事？"

我如遇到救星似的。"快跟牢救护车，同时通知方中信，我外婆出了事。"

"陆小姐，你没看错吧？"他瞠目，"我明明见到抬出去的是位少妇。"

"快去，快去。"

爱梅紧紧搂住我脖子，我挤上救护车。

车上设备之简陋，我看得呆了。外婆气若游丝，我却无法帮她。我哄着小爱梅，她亦紧紧贴在我怀中，两个人的汗与泪融在一起。

要命的车子慢如蚂蚁，前进时还摇摇晃晃，太致力改良杀人武器了，救人的装备如此不堪，生命贱过野草。

小爱梅有点晕眩，不住抽噎。我把她整个小身躯环抱住，仿佛这样就能补偿什么。她如丝般的柔发全贴在头上，我一下一下替她拨向额后。

这小小的女孩是我的母亲，没有她哪儿有我。我原是她体内小小一组细胞。我与她、她与我根本难以分离，为何我从前从没想过。

车子终于到了，方中信已在医院门口。

万幸有他。

我抱起爱梅,他扶我们下车。

我求方中信:"最好的医生。"

他严肃地点点头,自我手中接过爱梅。

一放开爱梅,才发觉双臂发软,再也难抬高,用力过度,肌肉受伤。

外婆被推进急救室,我们在长凳上等。

只要换一个心脏即可,在我们那里,不知多少人带着人造心、脾、胰、肝走路吃饭做事,一点影响都没有,照样活到古稀。但在这里,医学还不可能做得到。

老方同我说:"我已请来医生会诊,尽力而为。"

可惜他们的力量有限。

老方怜惜地关心我:"你看你。"

我知道这一番折腾使我不像样子,没料到这么狼狈,一身白衣团得稀皱,胸前还有小爱梅的脏鞋印,裙子下摆在大步迈动时撕破,加上汗水渍,似个难民。

我苦笑。

"要不要回去洗一洗?"

我摇头。"你会嫌我吗?"

"我？你掉光头发我还是爱你。"

我疲乏地笑一笑。"真有这么伟大？"

"有一日你会相信。"他看看怀中的小爱梅,"问你母亲,她会告诉你。"

小爱梅睡着了,老方脱下外套裹着她。

我问:"刚刚你在厂里正忙着吧?"

"没有关系。"

"真对不起。"

"事情的轻重,不外以个人爱恶而定。在目前,你的事才最重要,毫无疑问。"

他竟这样地为我。

我不过是个蓬头垢面走错地方苦哈哈的贫妇,可是他看重我。医生走出来,暗示他过去。

老方自然认识他,迎上去。

他们静静地说了一会儿话,老方一只手撑在墙上,另一只手仍然抱着爱梅,看上去他是那么强壮可靠,居然那么沉着,与以前大不相同。与医生说完话,他回到我这边来。

"如何?"我问。

"靠机器维持生命,没有多久了。"

我颓然。

"别太难过,你早已知道结局。"

我问:"爱梅重吗?"

"不重,她是你的母亲。"

这老方,真是机会主义者,非得用肉麻话把我的眼泪逼出来不可。

"我想我们要把爱梅带回家。"

"自然,我立刻叫人去办事:家具、衣服、玩具,还有,我会找最好的保姆及家庭教师。"

爱梅醒了,老方把她放在我身边坐。

我问她:"跟阿姨住好吗?"

"妈妈呢?"她懂事地问。

"妈妈在这里休养。"

"她不回来了吗?"

"回,怎么不回?等医生说她痊愈,便可回来同我们在一起。"爱梅似乎满意了。

她伸出小小的手,把玩我领口的胸针。

"好不好看,喜不喜欢?"

她点点头。

我除下，扣在她衣服上。

从这一天开始，它成为她心爱的装饰品，她会永久保存这件纪念品。

我问老方："现在能不能看看外婆？"

他摇头："还不能够，要等明天早上。"

"那么我们先回家。"

"我陪你们。"

"你有事要做，不如先回厂。我可以照顾爱梅。"

他想一想。"我叫司机送你们。"

司机经过这一役，也没齿难忘，与我亲密很多。本来他以为我只是一个与方中信同居的女人，不知何时会走，讨好也无益。此刻见主人为这女子出死力，连孩子也跟过来，可知一年半载是不会走的了，索性卖力。

我带着爱梅到方宅。

小孩到底还小，来到新鲜的地方，顿时忘记适才的不幸，从一间房走到另一间。

小孩这里看看，那里坐坐。我不住供应糖果饼食，她又恢复笑脸。

整个傍晚，方中信不住地派人送爱梅应用的东西来，包罗万象，什么都有，变魔术似的，一下子布置好儿童睡房，柜里挂满衣服，墙角都是洋娃娃，还有钢琴、木马，甚至有活的小狗，他一切都想到了。黄昏时，保姆也来报到。

爱梅冲了浴，换好衣服，梳起小辫子，在吃特地为她做的鸡肉香饼及热牛乳。

我半觉安慰半觉辛酸地坐在沙发上打瞌睡。

外婆是不会好的了，母亲在老方这里可能要住上十多年……

门铃响。

"老方，是你吗？"

女仆去开门，我迎出去，看到门外站着位女客。

见到女人，我第一个反应是：又是老方的什么人？定睛注视，发觉是我最盼望见到的人。

"夫人。"我惊喜交集。

她微笑。

"夫人，没想到你会来。"

"小方的口才好，不过我也牵记你。"

"他请你来的？"

夫人微笑。"他怕你想得太多。"

爱梅探头出来张望，畏羞地又退进房间。

夫人讶异:"这是谁?"

我据实说:"我母亲。"

她一怔,不过立刻明白了,她脸上露出颇为同情的神色来。"难怪你没有走。"她点点头。

"夫人,我该怎么办?"

"你必须回去。"

"我怎么走?"

"你那边的人会召唤你,他们不会允许你留在我们的时间里,这与自然的定律不符合,你不能留下。"

"我不明白。"

"届时你会知道。"

"他们会派人来带我返回去?"

"他们会搜你回去。"

这时忽然有人插嘴:"搜,怎么搜?九子母天魔上天入地搜魂大法?"

方中信回来了。

夫人仍然气定神闲,她微笑。

老方坐定,问夫人:"你那位先生呢?"他同夫人比较熟。

"他到一个集会去了。"

"最近他心情不好?"

"比前阵子好点。"

"生活那么刺激,还闹情绪?"

我怕老方把话说造次,推他一下。

但夫人很随和。"他说他闷。"

"哗,他还闷,那我们这种一世对牢可可豆的人怎么办?"

"小方,你也不必过谦,你也算是五彩缤纷的人。"

没想到夫人这么幽默,我笑起来。

老方讪讪的。

"好好地对陆小姐母女。"

"是。"

"我要去接他,"夫人说,"我先走一步,改天再来。"

老方送她出去。

我进房去看爱梅,她拥着一只洋娃娃,在床上睡着了。

保姆说:"非常乖的孩子,明天几点钟上课?"

我根本不懂,方中信在身后说:"八点半要到学校。"

"她的书本呢,要不要回去拿?"

"不用再到那个地方去,几本图画书而已,我会叫人办妥。"他着保姆去休息。

"真伟大。"我喃喃说。

"有钱能使鬼推磨,你没听过?"

我细细咀嚼这句话,倒是呆了。不不,我没听过,在我们那里,福利制度较为完善,金钱的作用远不如这里见功,同时我们对物质的欲望也较低。

小爱梅睡相可爱,我抚摸她的小手,将之按在脸旁。

这样小小人儿,将来一样要结婚生子,花一般年华过后,照样面对衰老,时间飞逝,没饶过任何人。

只听得老方忽然说:"君不见高堂明镜悲白发,朝如青丝暮成雪。"

被方中信这么一说,我立刻明白了。

老方低声问我:"你会不会嫁给我?"

"我不能,我已婚,不能重婚。"

"但那是数十年之后,现在你尚未出生,何妨结婚?"

这如果不是狡辩,真不知什么才是。

我摇头。"在那边我有丈夫有孩子。"

"那算是什么丈夫?听你说,他根本不照顾你。"

"我们那一代男女是真正平等的,谁也不照顾谁,有什么事,求助社会福利。"

"那何必结婚?"

"抚育下一代。"

"下一代!你们的下一代在实验室的抽屉中长大,大人不痛不痒,这也好算做父母?"

我没有声音。

"你听过胚胎的心跳?你尝过生育的痛苦?你可知初生婴儿如一只湿水的小动物?你根本不是一个母亲。"

"还不是同男人一样,大家做小生命的观光客。唏,同你说男女已真正平等。"

"可怜的孩子,从此母爱是不一样了。"

真的,我们这代母亲再也不会似外婆般伟大。

"我们可以结婚。"他仍不放弃。

"我们结识才十多天。"

"这是最坏的借口,你同你第二任丈夫认识才五天就决定结婚。"真后悔告诉他那么多。

"什么第二任,我只有一任丈夫。"我说,"通过电脑,对他个人资料已有充分了解,自然可以结婚,这是我们那边的惯例。"

"你拒绝我?"

"我恐怕是。"

他神色黯然。

我握住他的手。"老方,你没听见夫人说?他们会召我回去,我终归是要走的。"

"如果你不想走,谁也找不到你。我可以替你弄张护照,我们到可可的原产地象牙海岸找座别墅,这里的事业交给小妹。从此不问世事,我才不信未来战士有本事把你揪出来。"老方说。

"老方,如果我与你双栖双宿,那么爱梅将来怀孕,生下来的是谁?想一想。"

"是你。"

"我?我在此地,同你一起生活,是个成年妇人,怎么可能又是爱梅的婴儿?只有一个我,怎么可能同时在一起出现?"

老方如打败仗,张大嘴,一额汗,我看了都难过。

我们拥抱在一起。

"我不管,我不管。"他呜咽地说。

"别孩子气,老方,这件事是没有可能的。"

"时间为什么作弄我,为什么?"

它一直如此:相爱的人见不到最后一面,伤心人挨不过最后一刻，到有情人终成眷属，不是另一半得先走一步，就是感情日久生分。一切都是时间作祟，一切都是时间的错。

任何人都敌不过时间大神，全人类得乖乖听令于它。美女望之令人心旷神怡？不要紧，时间总会过去，她今年不老，还有明年，有的是时间，务必把小女婴变成老婆婆为止，可怕呵。头发在早上还是乌黑的，时间飞逝，傍晚就雪白了，什么也没干，数十年已过。母亲在这里是孩子，在那头已是唠叨的老人家。

怎么办？发脾气哭泣不甘心也无用，在这一刹那我变得剔透通明，世事有什么好计较的？

老方还在说："我不让你走，我不会让你走，我要把你藏起来，锁在堡垒里。"

我把他拉离爱梅的房间。

老方性格任性，他所喜爱的人与物，一旦离他而去，他会痛苦至死。

我们默然相对一整夜，两个人的心事加起来足有十吨重。天亮更不敢睡，因要去探望外婆。

爱梅由保姆看着吃早餐，稍后要去上课。出门时分，她吵着要见妈妈。我答应放学接她。

外婆躺在病床上,身体实在虚弱,却还要撑着说话。

她的语气十分温文,令人知道她是个十分有教养的女子。在这种时刻,她还在竭力地压抑她内心的悲痛与焦急。

"爱梅,医生说爱梅在你那里?"

"她刚刚上学,一会儿带她来。"

"方太太,真不知如何感谢你才好。"

"你尽管休养,这里有我。"

"方太太,非亲非故,怎么可以麻烦你?"

我轻轻按住她的手,低声说:"非亲非故,我怎么会同爱梅长得那么像?"

她没懂,她以为我安慰她,暗示我们之间有缘分。

"方太太,坦白地说,我一点节储也无。"

"公家医院,无须担心。"

她不再说话,细细凝视我。

我多么想轻轻叫她一声外婆,又怕吓着她。

忽然外婆拉住我的手。"你是谁?"她说,"你同爱梅的右颊都有一粒痣,不但像,简直是一个模子出来的,你为何对我们这样好?"

"我们是一家人。"

"一家人？我没有姐妹，你到底是谁？可是他叫你来的？"

啊，她以为变了心的人还会回头，不不不，不是她丈夫。

"你不需知道太多。"

她悲痛地说："医生说我情况不稳定。"

我点点头。

"我不要紧，可是爱梅这么小，若不是为着爱梅……"

"我会照顾她。"我的声音非常坚毅。

"我要知道你是谁。"

"你不放心，你不相信我？"

她激动起来。"不，不是这个原委。"

护士过来说："方太太，病人需要休息。"

"我下午再来。"我说。

外婆目送我离去。

老方在门外等我。

他说："医生说她已进入紧急状态。"

"可是不行了？"

他不肯回答。

我握紧拳头，击向墙壁。

"何必伤害自己，看，出血了，外婆或祖母，总要过世的。"

"她只有二十余岁,她这一生,并无得意过,她适才还以为抛弃她的男人会得派人来照顾她。"

老方递手帕给我。

"而且她不放心爱梅跟我们生活,我们是陌生人。"

"你可以告诉她你是什么人。"

"她不是笨人,她已经起疑心。"

"告诉她。"

"我得试一试。"

"她现在靠机械帮助维生,你要把握机会。"

"是。"

"你需要休息,一会儿接爱梅来,要不要吃点东西?"

"不。"

"别难为自己,办事要力气。"

他知道我喜欢吃简单的食物,譬如说大块而烂的蔬果,味道要鲜而不浓,辣的绝对不碰,酸的受不了,但甜的多多益善。他说我口味如老太太,容易办,当下他陪我早早吃了午饭。

下午我同爱梅去见外婆。

她对女儿千叮万嘱。爱梅实在太小,虽然乖巧懂事,到底不是神童,脑袋装不了那么多嘱咐。外婆到后来也明白这一点,叹口气,闭上双目不语。

她放不下心,去也去得不安乐。

接着的一段时间她仿佛想穿了,同我说,她希望吃红豆沙。

老方一迭声派人去做。

外婆微笑。"方先生对你真好,原本我以为没有神仙眷属这回事,看到你们夫妻俩,可知是有的。"

我不知如何作答。

"他对你真好。"外婆似有唏嘘。

"是的。"

"爱梅就托付给你们了,"外婆说,"跟着你们,也许比跟我吃苦好。"

我按下她的手,暗示她休息,她说话已相当吃力。

我们必须离开。

那个黄昏,我呆坐窗台,爱梅在做功课,门铃尖声响起。

我跑去开门,看到一个小男孩背着书包站门口。

我一眼就认出他。"陆君毅。"

"是。"

"你来干什么?"

"我来看邓爱梅。"

"你还欺侮得她不够?"

"听说她妈妈生病,我来探望她。"他今日似乎正经得多。

"你可以进来,不过只给你半小时,而且不准你对她无礼,听见没有?"

陆君毅吐吐舌头。

我无意对自己的父亲这样严厉,但我必须保护母亲。

爱梅见到他,十分投机,也许感情的秧苗已在那时种下。

陆君毅不调皮的时候蛮好,他取出小玩意儿陪爱梅玩。小男孩的口袋里装得下整个幻秘的世界:小小的按钮游戏机、弹子、图画书、扑克牌、盒子里放着的蚕宝宝。

不要说爱梅看得津津有味,连我都有兴趣。

他们也养蚕,灰白的软虫,蠕蠕然其实是非常可怕的东西。但孩子们特别喜爱它们,一代接一代,一直没有放弃这种宠物。我那两名宝贝养满一整格抽屉。

所看到的蚕较我们的肥大粗壮,爱梅有点怕,陆君毅同她说:"不怕,你按它的头部,那些皱纹会变得光滑,来,试试看。"

我做了可可给他们喝,坐在远处,暗暗留神。

陆君毅有意见。"你阿姨家好得多,地方大,又有的吃,她对你好不好?"

小爱梅用力地点头。

我觉得很宽慰。

"你姨丈好像很有钱,"陆君毅说,"将来你可以跟我一起到外国读书。还有,下星期我的生日派对,你也能来。"

我非常讶异,这个势利的小孩,一点天真都没有,难怪后来同爱梅离了婚。

我不喜欢他,我不要像他。

幸亏我外貌完全似爱梅,而老方一直说我笨,可见也没得到陆君毅的遗传。

只听得爱梅问他:"参加舞会,要穿漂亮的裙子?"

"叫阿姨买给你,她喜欢你,一定肯。"

真不似小孩说的话,我不悦。爱梅这么单纯,以后一定会吃他的苦。

我走过去。"陆君毅,爱梅要做功课。"

他只得被我送出去。

当夜外婆就不行了。

医生通知老方,他推醒我,我们匆匆赶去。

一见到外婆,我就知道这是最后一面。

她的面色绯红,完全不正常,分明是回光返照,眼神已散。我把脸贴近她的脸。

一定要让她安心地去。

"你听到我说话?"我在她耳边问。

她点点头。

"外婆,我是陆宜,爱梅的女儿。"

她露出讶异的神色来。

"外婆,我走错了时间,你明白吗?"

她摇摇头,又点点头。

"请相信我。"

这次她点点头。

"外婆,我是你外孙女。"

她忽然微笑,牵动嘴角,似完全明白我的意思,洞悉整件事的关键。她握住我的手紧一紧,然后放松,呼出一口长长的气。

老方抱着孩子过来。"爱梅,同妈妈说再见。"

"妈妈到哪里去?妈妈,妈妈。"

外婆闭上眼睛,喉咙咯咯作响,她去了。

我把整个身体伏在她身上,双臂环抱,眼泪如泉涌。

老方为外婆的丧事忙得瘦了一圈。他出尽百宝，但无法找到爱梅的父亲，不幸这个负心人是我外公，他撇下妻女到什么地方去了，没人知道。

没有照片，没有日记本子，也没有文件。我们不知他是什么人，住在什么地方。

爱梅正式成为孤女。

老是问妈妈会不会再回来，圆圆的眼睛清澈地看牢大人的面孔，像是要找出蛛丝马迹。不，妈妈永远不回来，妈妈已死，爱梅必须接受这个事实。

她正式成为方家的一分子。

方中信由衷地喜欢她，他的生活方式完全为我们母女改变，他时常留在家中陪我们，一切以我们为主。小妹来吃饭，说真的吓坏了，没想到她大哥可以一天到晚孵在家中。

小妹坚信爱梅是我的孩子，她为人豁达，毫不介意，带来许多礼物给爱梅。

这两兄妹一点没有旧社会的陈年封建思想，毫无保留地付出感情。

她说："大哥，你同陆宜结婚好了，外头的传言已经很多。"

"她不肯嫁我。"

小妹看我，诧异地问："这可是真的？"

我强笑道："似你这般新派的人，怎么会赞成结婚。"

"不，最新的趋向还是看好婚姻制度，到底比较有诚意，不为自己也为孩子。"

没想到小妹这么替我设想。

她拉起我的手。"还犹疑？我这个大哥，不知甩掉多少女朋友，他一变心，你什么保障都没有，"小妹似笑非笑，"结了婚他不敢动，方氏基金自动拨生活费给你，为数可观。"

老方生气。"小妹，你乱说什么，陆宜顶不爱钱。"

小妹看我。"是吗？"

"我爱，我爱，"我连忙说，"怎么不爱。"

小妹笑。"你这么一嚷，我又真相信你确实不爱钱了。"

我笑。"怎么会？"

小妹说："你不知道，咱们这里的人最爱贼喊捉贼这一套，最泼辣的自称斯文高贵，最孤苦的自号热闹忙碌，没有一句真心话。听的人往往只得往相反处想，故此你一说爱钱，我倒相信你很清高。"我没弄清楚，自从外婆去世后，精神一直颇为恍惚，不能集中，比往日要迟钝一点。

小妹说下去："你们一结婚，小爱梅可以名正言顺地姓方。"

老方说:"小妹,看不出你这人同街上三姑六婆有什么两样。"

小妹又有道理:"大哥,潇洒这回事,说时容易做时难,何苦叫一个小孩子为你们的洒脱而吃苦?不是说姓方有什么好,而是要给她一个名分,将来读书做事,都方便得多。"

"现在有什么不便?"老方问。

小妹说:"'小姐贵姓?''姓邓。''住哪儿?''住方宅。'还说没有不便。"

老方似是被说服,看着我。

兄妹俩很可能是串通了的,串好对白来演这场短剧。我被他们四只眼睛逼得抬不起头来,只得强笑道:"这些细节,将来再说吧,我再也没有力气。"

说罢很没有礼貌地回房休息。

躺在床上,才卧倒一会儿,便进入梦乡。

我看到自己的孩子:弟弟正焦急地喊,听不到叫声,但嘴形明明是在喊"妈妈"。姐姐呆坐在一角,不声不响,眼神却是盼望的。

我心中非常难过,却无可奈何。

"陆宜,请你集中精神,发出信号,从速与我们联络,否则我们将被逼把电波升级。"

谁？谁在不断向我提出警告？

在这种时刻，我无法静下心来。

我自床上跃起，不，这不是梦境。我再愚蠢也应当想到，有人向我下令，并非想象，而是事实。而这些人，必然来自我自己的世界，否则他们不会知道我的号码、我的姓名。

他们要我回去。

通过时间的空间，他们居然可以与我联络。

我骇然，一直不知道我们的科学已经达到这种高峰。这时我觉得额角一阵炙热，伸手一摸，烫得甩了手。

我扑到镜子前面去，看到额前的金属学习仪闪烁如一块红宝石。

不不不，这不只是学习仪这么简单。那位先生说得对，这是一具接收器，凭着它，有关方面可以上天入地地追踪我，把我叫回去。

但是他们从来没有告诉过我们，这具摆设有这样的效用。他们到底有多少事瞒着老百姓？为什么一直不把真相告诉我们？

聪明如那位先生，当然一看就知道是什么。一般的愚民，真要到火烧眉毛才晓得发生了什么事。

我要去寻找答案,我要智者给我指示。

打开窗户,我爬了出去。

这次有备而战,带了现钞在身边。

叫一部街车,往那位先生的住宅驶去。

来开门的是他们的管家老头,他忘记曾经见过我,上下打量我一番,并没有表示太大的好感。达官贵人见得太多,他的身份亦跟着高贵起来,一般普通访客他不放在眼内了。

"找谁?"他不客气地问。

我心里略苦,方中信同我说过,那位先生等闲不见客。我冒昧开口求见,这个管家不知有多少千奇百怪的借口来推搪我,这一关就过不了。

我连忙伪装自己:"夫人在吗,代为通报一声,衣服样子绘好,请她过目。"

老头犹疑地问:"有无预约?"

"有,请说陆宜来了。"

"你等一等。"他掩上门。

我挨在门前,人已老了一半,求人滋味之苦,至今尝个透彻。

幸亏有惊无险，不到一会儿，门重新打开，夫人亲自来接待。她笑问："图样与料子都带来了吗？"

我心酸兼虚弱地回报笑脸，握住她的手。

夫人迎我进书房。

这不是我上次到过的地方，这可能是她私用的休息室，布置高雅，收拾得很整齐。

她请我坐，笑说："夫妻生活久了，设备完全分开，这是我自己的书房。"她停一停。"只有维持距离，适当地疏远，感情才可持久。"

我低头沉吟。

夫人似有感而发，她说下去："人们所说的形影不离、如胶似漆、比翼双飞……完全没有必要。"

我仍然没有搭腔的余地。

她笑了。"你有什么难题？"

我指指额前。

"呵，你接收到信息了。"

"令我回复，我该如何同自己人联络？"口出怨言，"从来没有给过指示，完全由得我自生自灭。"

"莫急莫急。方中信知道你来此地？"

我摇摇头。

夫人看着我。"他会着急的。"

她似有点责怪我。

我自辩:"他不赞成我回去,他会阻挠我。"

她在通话器上按号码,不一会儿,我听到方中信情急的声音:"陆宜,是你吗?你到什么地方去了?"

他已发觉我失踪。

夫人温柔地说:"陆宜在我这里。"

可是方中信惶惶然没把夫人的声音认出来,更加慌乱:"你是谁,你们绑架了她?有什么条件尽管提出来,切莫伤害她一根毫毛。"夫人又看我一眼,像是说:看,他是多么爱护你。

我忍不住说:"老方,我没事,我在夫人这里。"

那边沉默很久,才传来他憎怒的声音:"你为何不告而别?急得我头发都白了。"

"我抱歉。"

"算了,你有话同夫人说吧,隔半小时我来接你。"他长长叹息一声。

夫人转问我:"至大的爱是什么都不计较。"

我讪讪地垂首,不敢抬起头接触她智慧之目。

这时候我觉得渺小，在感情方面，五十年前的人比我们要热烈伟大得多，无以为报。

过很久，我问："你的先生一直很忙？"

"他有他的朋友，此刻他在楼上书房见客。"夫人微笑，"怎么，你认为只有他才可以帮你？"

"不，"我由衷地说，"我情愿是夫人。"她丈夫高不可攀。

夫人摇头。"也不是，他一直奔波，如今有点累，想做些自己爱做的事，保留一些自己的时间，旁人便误会他高傲。"

夫人永远能看清别人的心事，这样冰雪聪明，是好抑或不好呢。

他们两夫妻已入心灵合一境界，他一举手一投足，她都能够明白了解。这是做夫妻的最高段数，谁都不用靠谁，但又互相支持。

我与丈夫，比起他们这一对璧人，只算九流，关系如雾水，欠缺诚意。

好不羞愧。

只听夫人说："我同你去找小纳尔逊。"

"他可以信任？"我听那位先生提过这个名字。

"绝对可以。"斩钉截铁。

"他在哪里？可否现在去？"

"他在另一个国家，我们会替你做一本护照。"

"什么时候方便出发？"

"会尽快通知你，我得先安排一些事宜。"她站起来，"方中信已在门外等你。"

我点点头。

八

男人真正关心女人的时候，
会有些什么自然的表现，
这是本能，这是天性，
所谓做不到，即爱得不够。

她送我出门的时候,那位先生刚在送客。客人是位三十岁左右的年轻人,面孔英俊高傲,双目如鹰。他看见我一呆,随即大胆地打量我。

　　我不习惯,只得别转面孔。

　　只听得夫人同客人说:"原医生,那件事还没有解决?"

　　那原医生吁出一口气,浓郁袭人而来。

　　仿佛所有患疑难杂症的人都聚在这座宅子里了。

　　夫人并没有为我们介绍,我乐得轻松。但我觉得原医生炯炯的目光一直逗留在我身上,像要在我身上凿出记号。

　　幸亏方中信的车,在门外响起喇叭。我朝夫人点点头,再向那位先生说声再见,便走出去。

　　方中信替我拉开车门,让我坐好,才与他们寒暄。

离远了我觉得那位先生与原医生对老方都颇为冷淡。

老方回到车子来咕哝:"一直瞧不起生意人,真没意思。"

我劝慰他:"何必要人看得起。"

他听了这话,开心起来。"对,只要你看得起我,我就是个快乐的人。"

我也禁不住笑了。

他又忧心起来。"那个年轻男人是谁?"

"他们叫他原医生。"

"他为什么像要吞吃你?"

"不要开玩笑。"

"真的,"老方固执起来似一头牛,"这种男人,一看到略为平头正脸的女人便不放过,势凶如狼,说不定明天就追上门来,你没有告诉他住哪儿吧?"

"我相信原医生不是坏人,你别瞎七搭八。"

"这么快你就帮他?"

"老方,我不认识那个人,我不知道他是谁,看,你放过我好不好。"我怪叫救命,"我们还不够烦吗,你还要无中生有?"

他沉默一会儿。"对不起。"

"不,是我对不起你。"我无精打采地说。

"夫人打算帮你?"

"她古道热肠。"

"她真可爱,可是不知怎的嫁了个如此阴阳怪气的男人。"

"何用你多管闲事。"

"不是吗,说错了吗?"老方说,"初见夫人,我才十六岁多些,真是惊艳,回家好几个晚上睡不着。老实说,要是她云英未嫁,我发誓追她。"

"她年纪比你大。"我提醒他。

"又何妨?连这些都斤斤计较,如何谈恋爱?"

我忽然明白为何那位先生对老方冷淡,原来他一直单恋夫人。做丈夫的自然对这么一个神经兮兮的小伙子没好感。

我扑哧一声笑出来。

"笑什么?"他眼若铜铃。

"老方,别吵了,我可能快要回去了。"

他没有回答,把车子开得会飞一般。

我知道他心中不快,我何尝不是,再想找一个这么肯为我设想的人都难,那边的那一位,如果有十分之一这么关心我,我都不会把车子驶上生命大道。

这段婚姻生活奄奄一息，勉强而辛苦地拖延着，因为不想重蹈母亲与外祖母的覆辙。

原来不但样貌性格得自遗传，命运也是，一代一代延续，难以挣脱注定的情节。

倘若能够回去，恐怕要提出离异了。方中信令我懂得，男人真正关心女人的时候，会有些什么自然的表现，这是本能，这是天性，所谓做不到，即爱得不够。

我握紧他的手。

第二天我们带爱梅到海洋馆。

她像是有第六感，黏牢我不放，一刻不让我离开她，同我说话的时候，双目凝视，似要用眼睛摄下我的形象，永存脑海。

我们探访许多珍罕的鱼，买了图片说明书，向小爱梅朗诵出来。

不一会儿身边聚集一大堆小朋友，他们都听故事来了。

不由得令我想起自己的孩子来，每当弟弟或姐姐问起任何事，我都不耐烦地答："为什么不问智慧二号呢，妈妈并不是百科全书。"甚或加多一两句牢骚："我倘若有那么能干，也不会做你们的奴隶了。"弄得他们异常没趣，真是不该，回去都得改掉。

方中信说这几天是他所度过的假期中最好的一个。

小爱梅说，下次要把陆君毅也叫来。

她念念不忘于他，怪不得后来终于嫁给他。你怎么解释感情呢？他们的交往这么早就开始，百分之一百纯洁，完全不讲条件，最后青梅竹马的有情人终成眷属，应该是人间最美好之婚姻，但在生下我不久，他们竟然分了手。

一点保证都没有。

海洋馆有人造潮汐，发出沙沙声，一下一下拍着堤岸，我们坐在岸上的亭子里吃冰激凌。

我轻轻问小爱梅："你喜欢方叔吗？"

她点点头。

"以后与方叔一起生活，好不好？"

她看看方中信，问我："你也与我们在一起？"

我很难回答。

"你是方叔的太太。"她先回答自己，"当然与我们一起。"说了这句话她放下心来，独自跑开，去看会跳舞的海鳗。

我与方中信苦笑。

当日夜晚，夫人通知方中信，飞机已经准备好，十六小时之后出发,到某大国的太空署去见小纳尔逊先生,为我的前途寻找答案。

我问:"夫人有她自己的飞机?"

"不,他们没有什么钱,同时也不太重视物质,飞机是朋友借出来的,叫云氏五号。"他停一停,"云家富甲一方,但很少露脸,生活神秘。"

"他们做什么生意,与你有业务往来?"

"才不,"方中信叹口气,"云家做重工业及设计最新武器,在太空运作的仪器起码有百分之六十是他们的产品。"

我即时厌恶地皱起眉头。

但老方说:"我做的不过是雕虫小技,不能同他们比。"

我冲口而出:"做糖果有什么不好?令孩子们快活是至大的功德。不管幼童长大后成为救世主抑或杀人王,在他们天真活泼之际,都吃过糖果。"

"陆宜,你待我真好,帮我驱逐自卑感。"他笑。

"我是真心的。"

他点点头:"我知道,你一直没有对我说过任何假话。"

"你与我同去?"

"自然。"

"爱梅怎么办?"

"有保姆照顾她。"

"我不放心。"

他忽然赌气。"你迟早要走的,放不下也得放,届时还不是眼不见为净,一了百了。"

"请留下来照顾爱梅,她还没有习惯新环境。"

他很为难。"那你呢?"

"夫人会看着我。"

"这样吧,大家一起行动。"

"开玩笑,太空署不是儿童乐园。"

方中信脸色变了。"你可是要撇下我?一到太空署,能回去即时回去,连一声再见都省下?"

我愕然,不敢搭腔,动了真感情的人都会喜怒无常,因付出太多,难免患得患失。

不过老方即时叹口气。"好好好,好人做到底,送佛送上西。我留此地带小孩,让你独闯太空署。"

"老方,我……"感激地结巴起来,"我……"

"别再叫我老方好不好,求求你。"

这是他唯一的愿望,被爱真是幸福的。

我利用那十多个小时向小爱梅保证:"阿姨有事要出门,但三五天之后一定回来。"

爱梅不相信,鼻眼渐渐涨红,大哭起来。因为妈妈一去没有回头,她怕阿姨,以及所有爱她的人都会失踪。

她的恐惧不是没有根据的,终于她失去我,接着是方中信,还有陆君毅。

出尽百宝才把爱梅哄得回心转意。方中信因为是成年人,没有人去理会他是否伤心失望。

晚上他帮我收拾简单的行李,送我到飞机场。

夫人很准时,与我们同时到达。

出乎意料的是,那位原医生也是乘客之一。

方中信一见他,老大不自在,把我拉在一角,一定要我答应他一件事。

"说吧。"

"不准同那姓原的人说话。"

竟这么孩子气。

我一口应允:"好,我如同他说一个字,叫我回不了家。"

老方笑了。"那我倒情愿你同他说个无穷无尽。"

夫人过来问:"你一个人?"

我点点头。

她说:"原医生搭顺风飞机,与我们一道。"

老方说:"夫人,请替我照顾女朋友。"

他把"女朋友"三个字说得很响亮,颇为多余,因为原医生根本没有看向他。

他依依不舍地与我道别,我们进入机舱。

云氏五号几乎立刻起飞。

它的设备优异,座位舒适,据机师说,速度也是一等一。

但我嫌它慢。

夫人一上飞机便假寐,她不是个爱说话的人。

原医生并没有与我攀谈,他在阅读笔记。

我最无聊,睡又睡不着,又不想看书,心情不好,再柔和的音乐也觉刺耳,听得心烦意乱。

舱外的苍穹漆黑,无光无影,不知有多大多远,无边无涯。我呆呆地坐在角落的位置,眼睛向前直视。

回到本家,并不见得会比现在更快乐,为什么一定要回去呢?像方中信所说,与他到可可原产地去过神仙一般的生活,岂不优哉。

夫人开口:"别胡思乱想,趁这机会,松弛一下。"她的声音坚强有力。

我冲口而出:"我不想离开方中信。"

夫人微笑。"这自然,倘若你仍当方中信是普通朋友,未免铁石心肠。"

"我有犯罪感,丈夫与孩子都等我回去,我却留恋异乡,爱上浪子。"

夫人极之开通,她莞尔:"许多女性梦寐以求呢。"连她都打趣我。

我黯然。"这并不是一段插曲。"

夫人说:"人与人之间的缘分真奇怪,你与他竟在毫无可能的情况下相遇,发生感情。"

我内心苦涩,无法发言,这是一段注定没有结局的感情。

这时坐在前头的原医生转过头来。"恕我冒昧插嘴,夫人,但只有防不胜防的感情才令人类荡气回肠。"

我刚要张嘴说话,但想起应允过老方的事,硬生生把话吞回肚子。

忧郁的原医生充满男性魅力,与他谈话定是乐事,不过答应过人,便得遵守诺言。

夫人同我说:"原医生是有感而发呢。"

他苦笑地说下去:"无望之爱我最有经验。"

夫人温柔地说:"看,又触动他的心事了。"

方中信虽无原医生这般高贵的气质,但他百折不挠,活泼开朗,一句"管他呢"便把一切困难丢在脑后。他是名福将,跟着他日子多舒畅。

原医生又恢复沉思,到一个深不可测的境界。

我感慨地问夫人:"怎么没有一个快乐的人?"

"有呀,方中信就是。"

"现在因为我,他也不开心。"

"不会的,方中信最可爱的地方便是不贪心、不计较。即使你最后离开他,他也会想:曾与陆宜度过一段适意的日子,夫复何求。"

我落下眼泪。

"他确是一个难能可贵的快乐人,我们忌妒他。"夫人说。

侍应生捧上食物,夫人选了一只水果,我摇摇头。

飞机载着我们到达另一个国度。

道别时原医生含有深意地与我握别:"陆小姐,希望我们还有见面的机会。"

他翩然而去,真好风度,真好相貌。

夫人陪我前往太空署，我的心忐忑不安，似孩子进入考试场，喉咙忽然干涸，胃液翻腾，太阳穴抽紧，想去洗手间。

夫人拍拍我的背，表示安慰。经过好几重手续，我们终于见到金发蓝眼的小纳尔逊准将，没想到他英伟如表演艺人。

我十分惊异。

他们这年代竟有这许多出色的男性，做女人一定很幸福。

他伸出手来。"你一定是陆宜小姐了。"

"是的。"我与他握手。

"夫人已将详细情形告诉我们。"

我如病人见到医生般地看着他。

他说："真是稀客，尽管太空署档案中什么千奇百怪的个案都有，到底很少人会似陆小姐般迷途。"

我苦笑。

"陆小姐，这件事其实还得靠你自己。"

什么，走了这么远的路，经历这么多苦楚，还得靠我自己？

我惊异地看着他。

小纳尔逊指着我额角："你的接收仪是唯一可以与他们联络的途径。"

我忍不住问："什么是接收仪，告诉我，我有权知道。"

"自幼种植,与脑部相连。"

"有什么用?"

小纳尔逊一呆。"用来追踪控制你每一个思维,你不知道?"

我张大嘴,如置身万年玄冰之中。"你的意思是,我无论动什么脑筋,都有人会知道?"

"是。"

"谁,谁会这么做?"

小纳尔逊更加意外。"当然是你们的政府。"

"你的意思是,我们根本没有自由?"

"我不会那么说。"

我愤怒。"连思想都被截收,不可能尚余自由。"

小纳尔逊托着头。"让我给你一个譬喻。"他侧侧头,"有了,你知道电话,我们的通话器吗?"

我点点头。

"如果在通话器上安装窃听器,讲电话的人便失去自由,但不是每具电话上都有窃听器。"

"有问题的人,思想才被截收?"

"对,陆小姐,你终于明白了。"

"小纳尔逊先生,你何以这么清楚它的功用?"

"我们的未来,即是你的现在,在这一刻,我们世界有一股势力正致力研究这种仪器。"

呵。

纳尔逊笑。"其实,只有最愚蠢的人才会想知道别人的心里想什么。"

我犹自问:"为什么政府要控制我们?又有什么样的人才算是有问题的人?有什么标准?"

夫人温和地说:"别问太多了。"

我低下头。

小纳尔逊同情地说:"幸亏我不是双阳市市民,否则真得反抗到底。"

夫人说:"或许你同陆宜讲一讲,她如何回去。"

我听见自己的声音在心底发出:我不要回去那可怕的地方。

"我们将尽量协助她,相信她那边的空间科技人员会得接收她。在这里,我们首先要做的是加强她接收器电波之频率,让那边明晰接收,获得指示。"

我霍地站起来。"小纳尔逊先生,我不要他们知道我在想什么,因为我根本不愿意回去。"

小纳尔逊又一次表示讶异:"可是一九八五年不是你的年

代,你在这里不会觉得快活。"

我沉默。

"而且你必须回去。"

我握紧拳头。"他们会拿我怎么样?"

"他们会摧毁你的脑部活动,使你死亡。"

我惊惧地看向夫人。

夫人说:"这是真的。"

小纳尔逊继续说:"你会渐渐头痛,发作的频率一次紧过一次,最终支持不住。"

我把脸深深埋在手中。

"陆小姐,他们也有不得已之处,你的意外扰乱大自然规律,你不能在历史中生活。"

"规律,还有什么规律?"我悲凉地问,"毁灭地球只要按一个钮,却任由饥荒地震带走千万人性命,还有什么大自然的规律可言?"

小纳尔逊与夫人皆无言。

自觉失态,短短日子,已被方中信宠坏,说话放肆,批评五十年前的同类,口气如土星人。

过一会儿小纳尔逊说:"这次回去,你体内的原子排列受到骚扰，于寿命期限来说，有不良影响。"

他讲得那么斯文，其实想说：就算回到本家，你也不会活至仙寿恒昌。

"准备好了吗？"

我点点头。

"请随我来。"

他带我到实验室。

大限已至，反而轻松，笑问："弗兰肯斯坦男爵[1]创造科学怪人的地方，也与此类似？"

小纳尔逊笑，碧蓝的猫儿眼闪出慧黠的光芒。

"陆小姐，在加强电波之前，我们要弄一个小诡计。"

"是什么？"

他看一看夫人。"我们想替你隐瞒一点事实。"

我明白了。

既有雷达装置，就有反雷达装置，小纳尔逊自然可以帮

---

[1] 弗兰肯斯坦男爵：电影《来自地狱的弗兰肯斯坦与怪物》(*Frankenstein and the Monster from Hell*)中的人物。弗兰肯斯坦利用 Simon Helder 博士的医学专业知识来完成他准备已久的一个项目——用从精神病院病人身上摘取的新鲜器官拼装出一个全新的人。

我这个忙，使我保留不愿意透露的思维。

我露出笑容。"可以吗，我们可以骗到五十年后的科学吗？"

自觉有点可耻，于自身有益的时候，"他们"立刻变成"我们"。几时学得这样坏？顿时红了脸。

只听得小纳尔逊回答说："这个实验室，五十年后未必造得出来。"他脸上略露自傲之色。

我相信他。

"请到这边来。"女助手唤我。

她协助我换上宽大舒适的袍子，躺在长沙发上。

忽然觉得宁静，心思平和，不自觉地合上眼，微笑起来。

琐事不再扰神，纵使挂念母亲，也没奈何，只得暂且撒手。"陆宜。"

是那熟悉的声音，他语气稍霁，仍带强烈命令性。

"很好，你终于决定回来，非必要时，我们不打算牺牲你。"

声音较从前清晰得多，就像有人在身边说话般。

"十天后，即是七月十四日下午四时，请把车子驶往日落大道二十三公里处，我们会接引你回来。"

呵，只给我十日。

"陆宜，你要遵守指示，不要拿生命冒险。"

我默然，还有什么话好说呢。

"现在孩子同你说话。"

"妈妈。"这是弟弟。

我很高兴，这个顽皮虫，给我多少烦恼，一刻不停，有一度我叫他"弟弟噪声制造者"。

姐姐也来了。"妈妈。"她带哭音，"你快回来。"

好，我回来。

"陆宜，记住，十日后下午四时，日落大道。"

这是名副其实的死约。

声音消失，我觉得疲倦欲死，昏昏沉沉堕入黑甜乡，一个梦也没有，睡得舒畅之至。

根本不想醒来。

有人来推我，我转个身，嗯嗯作声。

听到笑声，一定是觉得我滑稽，耳朵并无失灵，但四肢不听话，只得再睡。

终于醒来，是因为有人替我按摩手臂的肌肉。

睁开眼看到女护士，同时发觉身上挂着许多电线。

惊问："这一觉睡了多久？"怕只怕一睡三日三夜，时间已经不够，再白白浪费，我不饶自己。

"今天几号？"

"五号。"

我安下心，挣扎起身，身上的各色电线几乎打结。

"哎哎，等一会儿，医生会替你解除。"

"小纳尔逊先生呢？"

"在这里。"

我仍觉疲倦。"他们说——"

"他们说的话这里都接到。"

"听到孩子的声音真心酸。"我黯然。

小纳尔逊诧异："这样旧的伎俩你都相信？"

我吃惊："不是他们的声音？"

"是电子假声，用以激发你的母爱，他们才不会让旁人知道你去了哪里。"

"你的意思是，家人一直不知道我的下落？"

"——不知你真正下落。"

"我明明失踪了，他们怎么交代？"

"那还不容易，说是感染了一种罕见的细菌，需要隔离，或是受了重伤，昏迷不醒。"

这么险恶！

我愤怒："我回去召开记者招待会。"

小纳尔逊错愕："你好天真。"

"怎么？"我仰一仰头。

"你不会记得任何事情。"

"嘎？"

"他们会对你的思维做出适当的调整，使你失去一部分记忆，恰恰是这四十五天内所有的经历。"

我震惊："他们做得到？"

"连我都做得到。"

我将被逼忘记方中信？

太不公平了，他为我做了那么多，而我将来的记忆中竟然没有他。

我恳求小纳尔逊："不，请你帮我保留这些宝贵的记忆，你一定有办法。"

"但是你回去之后，我实在无计可施。"

我感到极端失望，像个孩子般饮泣。

小纳尔逊叹口气。

夫人轻轻说："没有记忆没有痛苦。"

"不不不，"我说，"你们对我这么好，我要加倍记得你们。"

夫人又说："传说中再世为人，都要忘记前生的事，既然已属过去，何必苦苦追忆。"

我的心仍然酸涩，痴恋回忆，抓紧不放，不欲忘怀。

"我们要先走一步。"夫人说。

小纳尔逊对我说："陆宜，十天后日落大道见。"

我哽咽："谢谢你们。"

他也依依不舍。

他们每个人都这样热情，乐于助人，不计得失，在我的世界里，一个半个都找不到。

我不至于天真到相信他们之中没有小人，但是在这次的旅途上，我运气特好，没有看到。

归途中，夫人说："不需要走错时间才会有你这种不平凡的遭遇，很多人在感情或事业上遇到挫折，避无可避，都被逼咬紧牙关，忘记过去，从头来过。"

她待我如姐妹，可惜我无以为报。

我指指额角说："这好比美猴王头上的紧箍，他们一念咒语，我就遭殃。"

夫人被我说得笑出来。"你也看过这个神话？"

唉，这不一定是神话，也许悟空亦是走错时间的不幸人，只不过身上带着超时代武器，随时施展，传为佳话，因此情况比我略佳。瞧，我不是亦即将回到西方极乐天去了吗？

我问夫人："应告诉方中信，还是不告诉？"

"你总要向他道别。"

"也可以不告而别，那么至少这十天内他会过得高高兴兴。"

"他会猜得到。"

"真无所适从。"

"顺其自然吧。"

"真不舍得。"

方在飞机场接我，他手中抱着小爱梅。

爱梅仿佛已与他相依为命，胖胖的手臂绕着方的脖子，任何不知情的人都会认为她是他的女儿。

见到我两人兴奋地叫起来，手舞足蹈。

我奔出去，三人拥作一团。

夫人在一旁微笑。爱梅受老方之嘱，上前向夫人敬礼献花，老方最懂得讨人欢喜。

稍后自然有管家把夫人接回去。

九

「生命只需好,不需长。」
从前不会明白这个话,
现在如同身受。

再度回到方宅，就正式把它当为家。

爱梅已完全熟悉环境，长胖不少，脸颊红润，像小苹果。天大的烦恼，只要看到这一张面孔，也得暂时卸下。

三口子嘻嘻哈哈，我自问真能做到今朝有酒今朝醉。

太阳落山，方带我到舞厅跳舞。音乐很慢很慢，男男女女搂抱着缓缓挪动脚步，身子随节拍款摆，十分陶醉。有些还脸贴脸，女方也有索性将玉臂挂在男伴脖子上的。

没想到五十年前跳舞可以带出这么含蓄的色情成分，谁说世风日下，越是暧昧就越艳靡，骚在骨子里，令人脸红耳赤，情不自禁。

而且还在公众场所表演，我看得呆了，不肯下舞池。

方几次三番邀请，说是教我。

我仍然摇头微笑。

乐师开始吹奏金色士风,曲子如怨如慕,如泣如诉,令听众沉醉。

"这首歌叫什么名字?"

"这是怀旧之夜,"方说,"歌名《渴睡的礁湖》。"

呵,旧上加旧,一直往回走,走到幽暗不知名的角落,在那里,人们衣服上每一瓣都绣满花朵,他们惯常服用麻醉剂,都有一双睁不开如烟如雾的芍药眼,什么都不用做,尽管钩心斗角或是争艳夺丽。

在书本上读到过,他们种的花有黑牡丹、白海棠,喜欢的颜色有明黄、燕青……今夜似乎捕捉到这种情趣,灯光昏沉沉,闪烁着水晶光影,不喝酒也醉人。

谁愿意回去?在那里,为了使我们不住工作奉献精力,灯光与日光一样,造成错觉,刺激新陈代谢,把人当机器。

只得悄悄吁出一口气。

方轻轻跟音乐吟唱:"渴睡的礁湖,在热带的月色下,我与你共游……"

他说:"我知道有个地方,四季如春,在天堂般的花丛中,有个湖泊,叫作迷失之湖,也许躲在那里,没有人找得到我们,任由咱俩长满白发。你说如何，肯不肯与我到那里去？"

"是是，我们一起去，我愿意。"

他很小声、很小声，温柔如夜般说："那迷失之湖，永远在我心底，让我们来跳舞。"

我热泪满眶，不住点头。

老方带领我下舞池，一步一步教我，并不难，很快跟上了。我学着其他女士的样子，左手搭在男伴右肩上，右手与他左手相握。

这是生平第一次跳舞。

他在我耳畔说："要回去了吧？"

口气呵在敏感的耳朵上，引起麻痒。

我的心境也非常澄明，既成事实，也无谓抵赖。

我说："十四号下午。"

"就剩下这点时间？"他无限怜惜地问。

"是，就那么多。"我说。

他拥紧我。"我们一起度过四十五天，不能说是不幸了，四十五天有一千零八十个小时，每分钟你都令我心花怒放。认识你是我一生中所发生的最好的一件事，谢谢你陆宜，为我平凡的一生带来光彩。"他哽咽。

夫人说得正确，方的性格可爱知足，懂得退一步想，所以他是个快乐的人，自身快乐，也令人快乐。

换了别人，就会贪婪，短短四十五天，不不不不够，希望有四百五十天，四百多天过去，希求四千五百天，到头来有什么不是一场春梦，到头来又有什么不会席终人散，还不是伤心失望。

有什么是会陪我们老死的呢？没有。早日想穿了，早日脱离苦海。我同方说："我们在一起的确开心，但愿回忆长存。"

他用手指替我抹去眼泪："听听这首老歌，从我祖父谈恋爱时直流行到现在，叫《十二个永不》。"

"这些迷人的歌曲，真叫人死而后已。"

"你也喜欢？我甚爱它们。"

他把我带回座位，小桌子上烛火摇曳，他握紧我的手。

"真想同你结婚。"

"不想连累你。"

"非卿不娶。"

我忍不住笑："你？"

他假愠，别转面孔。

"本性难移，我走掉第二天，你就捧着巧克力好去寻找新欢了。"我说。

方很认真地说："时间可以证明一切,你只要问一问你母亲,便可知详情。"

我心底一寒。"我们不谈这个。"

"好,我同你到蓬莱仙境,共度剩下时光。"

"那么爱梅呢?"

"带爱梅同去。"

我狠下心。"好的,跟你走。"

他令我撇下丈夫子女,到天涯海角去享乐。

我竟是个如此不堪的女人。

但无论是谁,总有权抓住快乐吧。为着一生中些微的、可遇不可求的快乐,牺牲其他,也值得原宥吧。

我们几乎空手就离开双阳市,抵达迷失之湖。

湖滨有一家小小旧旅舍,一岸花树,湖上有天鹅觅食,宛如世外桃源。

旅舍主人忠诚地欢迎我们。

别被旅舍外表蒙蔽,这里有最香浓的龙虾汤、最甜美的香槟酒、最完善的游戏设备。

我们三个人什么也没做,有时泛舟湖中,眯着眼睛。我躺老方腿上，爱梅躺在我手臂上，人叠人就过一个下午。鱼丝不住抖动，分明有鱼上钩，但我们不去睬它。

爱梅获得极度安全感，似只小动物般熟睡，呼噜呼噜。

我说："可惜不能多陪她。"

方笑说："幸亏你曾陪过她。"

这就是悲观与乐观之分别。

"她永远不会忘记你，"方说，"将来她情绪低落之时，你会成为她的支柱。"

"是的，她的确记得我。"

母亲曾无数次提及这位无名女士，视她如神明及偶像。

"爱梅懂事的时候，要不要我把真相告诉她？"

"不。"

"我该怎么说？"

我沉默。

母亲一直不知道我就是她女儿，那意思是说，没有人来得及把真相告诉她。

方中信没等到她长大懂事，已经不在人间。而那位先生与夫人，当然更是保守秘密的能手，是以小爱梅不晓得我是谁。

方中信说:"生命只需好,不需长。"

从前不会明白这个话,现在如同身受。我点头。

他又说:"回去之后,怕你会寂寞。"

那是一定的,虽没有开口,眼睛也露消息。

他并不担心自身,忙着安慰我:"好歹忍耐一下。"

我凄酸地低下头。

"或者你可以与他详细地谈谈,使他明白你的需要。"

"他并不关心我的需要,我怎么同他谈?"

"陌生人也可以同陌生人谈话呀。"

他真天真。

"你会同莉莉谈话?"我反问他。

"怎么不会,是她嫌我不够正经,与我终止来往,跟了别人。你以为我在情场无往不利?并不见得。她与新朋友在一起不愉快,时常打电话来诉苦,你不会介意吧?"

"不,我怎么会小气。"

他松口气。"每次都捏着把汗,除了你之外,女人太麻烦。"那不过是因为他喜欢我,所以自他眼睛看出来,我没有缺点,只有可爱。其实那么多女人当中,我最讨厌,我最麻烦,临走还要把一个五岁的孩子托付给他照顾。

我说:"这次回去,别的也许可以忍耐,吃惯了巧克力,可怎么办?"

"多带点走。"

"我不认为可以。"

"那么现在多吃点。"他总有办法。

"当然。"

"陆宜,我怕我会想你想得疯掉。"他留恋地凝视我。

我不敢出声,因为我连想念他的权利都会被剥夺,什么该做什么不该做已经自幼受到传统习俗的干涉,现在连思想的自由都失掉。

"陆宜,别不高兴,看这月色,专为我们而设,你见过这么银白圆大的月亮没有?"

不,我没有见过。

认识方中信之后,发现许多从前未曾注意的事物,都震荡心扉。这些从前认为微不足道以及琐碎的小事,如今成为生活情趣。

他打开一重重深锁的门,使我见到奇花异卉,以及整个美丽新世界。

时间太短了。

园子里晨间灿烂的花，至傍晚已落满一地。

但照方中信的说法，只要曾经盛放，便于生命无愧。

"很多很多人，活了七十岁八十岁，"他说，"快乐的时间加起来，不超过数小时，比较起来，我实在幸运。"

告别的时间终于到了。

我们返回双阳市。

当日夜晚，我与夫人联络。

我说："明午四时，日落大道二十三公里处。"

夫人说："这是明智之举。"

我苦笑："不这么做行吗，他们会把我的脑袋炸成碎片。"

她不说话。

"夫人，到了那边，请允许我去找你。"

她笑了："傻女，我不认为我能活到八十八岁。"

我肯定地说："你一定能够。"

"长寿不一定是福气。"

我固执地说："夫人，你一定多寿多福。"

她不住轻笑。

"让我去探访你们。"

"活到九十高龄，不一定有力气招呼朋友。"

"我不是普通朋友。"

"好吧,如果记忆还在,我们也在,你可以来吃茶。"

"谢谢你,夫人。"

啊,至少在那个荒凉、冷漠的世界里,我还有一位朋友。

最后一日的早上,我与方中信都十分沉默。

我与方中信都决定把爱梅送到学校去,以免她受刺激。

小孩不疑有他,高高兴兴穿上校服,背好书包出门。

她上车之前,我紧紧拥抱她。

稍后我仍可以见到她,只不过届时她已是一名老妇人。

我凄酸地想,早上的花,傍晚已落在地上,人生如梦一样。方中信握住我的手。"永别了陆宜。"

他眼睛红红,分明也是哭过。

我说:"快点找个伴侣,好好成家,养一大堆婴儿,在孩子们哭笑声中,时间过得特别快,日子活泼热闹。只有儿童清脆的笑语声,才能拯救成年人的灵魂。"

他摇头:"你不必说废话安慰我,希望时间可以医治我。"我只得住嘴,心如刀割地呆视他。

自上午九时开始,我的头开始剧痛,起初是每隔一小时痛一次,每次约一分钟。别看这数十秒钟,已经叫人受不了,我用双手抱牢头部，痛得眼前发黑，在地上直滚。

警兆来了。

要是不回去，也会活活痛死。

开头还瞒着方中信，十二时过后，频率加密，已达到半小时一次。他在我身边，躲也躲不过，看着我受苦。

我痛得不觉身体思想存在，整个宇宙只余痛的感觉。假使疼痛可以止住，叫我做什么都可以，死不足惜。

在痛与痛的喘息间，方中信把车子自糖厂驶出，往日落大道飞驰。

我浑身的毛细血管因强力忍耐而爆破，针点大的紫红色布满皮肤之上，看上去好不诡异。

抵达日落大道二十三公里处，我竟然有种大赦的感觉，好了好了，快完了，但愿不要再受这种酷刑。

小纳尔逊一早在等，见到我们，立即下车来会合。

我问："时辰到了没有？"

"快到了。"方中信扶着我，"剧痛已经开始？"

我点点头。

"坚强一点。"他拥抱我。

他们数人把我的车子放在一个很奇怪的方位，看我坐好，关上车门。

方中信自车窗伸手进来与我握住。

"不要害怕。"他脸色苍白。

我嘴唇颤动,一个字也说不出来。

小纳尔逊说:"方先生,请你即时退开,彼方即时将加强万有引力接她回去。"

方中信松开我的手,车窗自动关上。

我瞪着眼睛看牢方中信的面孔,即使看多一秒也是好的。他似乎在大叫,表情痛苦,小纳尔逊把他用力拉开。

我用手敲着车窗,忽然之间觉得肉体与心灵的痛苦已到极限,无法再承受。我尖叫起来,一声又一声,用力推打着车门,要出去与方中信会合。

就在这一刹那,身体如触电般震抖,如化为飞灰,被风吹散,有说不出的痛快。

是死亡吧,一切不存在,连痛苦在内,多么好,我不禁感激地落下泪来。

然而不到一会儿,连这点微弱的思想都告消失,一片静寂。

很久很久之后,恢复知觉时,我听到两个人的对话。

"她一直哭泣,宛如婴儿来到尘世。"

"也亏她了,这四十五天,一定吃足苦头,况且迷途也不是她的错。"

"她现在没事了吧?"

"苏醒了。"

"前数名迷途者就没有她这么幸运。"

我睁开眼睛,清醒过来。

一瞬间思潮纷沓而至,吓得我连忙合上眼睛,想把记忆关在门外。

"让她休息吧,从这里开始,我们交给组长。"

她们离开房间。

我知道我回来了。

房间里的气味并不陌生,一种洁净的消毒药水味道,在我们这里,很难嗅到其他的气味。

我缓缓转动头部,的确已经回来了,但为什么不觉高兴?

很快可以看到丈夫与孩子,应该喜悦才是。还有母亲,失踪四十五天,她对我一定牵肠挂肚。

但是方中信……他在我临走一刹那的表现好不激动,硬生生要两个有感情的人分开,实在是残忍的事。

我紧闭着眼睛,面壁而睡,热泪仍然夺眶而出。

待他们的组长驾临,把我这部分的记忆拔除,就不会伤心落泪,也许他们真的是为我好。

有人推门进来。

"好吗?"他声音很轻快。

这就是刽子手,来谋杀我美丽而哀伤的记忆。

我拒绝转过头去。

他在我身边坐下。

他说:"吃了很多苦吧,抱歉令你痛苦。"我维持沉默。

"那些不必要的记忆,徒然影响你以后的生活。相信我们,消除了只会对你好。"

我忍不住冷冷地说:"你认为会对我好。"

那人并没有生气。"社会上有许多传统的价值观,不由得你不信服。譬如说,孩子必须做好学生,用功读书,谁说过成绩优异会使他成为一个快乐的人?但父母都希望他勤奋向学。"

我说:"我是成年人。"

"对国家来说,你也是需要照顾的一分子。"

我苦涩地说:"强制执行便是爱护?"

"你是个母亲,你应当明白,当孩子们不懂得选择之时,你得为他们做出决定,让他们踏上正途。"

"专制。"

他不再说什么。

过一会儿他问:"你准备好没有?"

我惊恐地转过身来向他求情,看到他的面孔,我呆住。

"小纳尔逊!"我冲口而出。

这不是小纳尔逊是谁?

金发、蓝眼、英伟的身材,跟小纳尔逊一模一样。我们刚刚分手,他又出现在我的面前。

我糊涂了,我到底在什么地方?什么年份?

他也一呆,纳罕地看看我:"你认识我?"

我激动地说:"小纳尔逊,弄什么鬼,你怎么也来了?"

他诧异地说:"我们并无见过面。"

我气。"你是不是小纳尔逊?"

"是,我确姓纳尔逊。"

"太空署的小纳尔逊准将,是不是?"

"那是家父,我是纳尔逊三世。"他跳起来说。

我如木雕泥塑般坐在病床上。

他的儿子!

不是他，是他的儿子。

我真是呆，还在努力抓住五十年前的事与人。

他却耸然动容。"你见到家父了？"

我点点头，连忙问："他还在吗？"

"家父于二十年前一桩意外中丧生。"他黯然，"当时我还很小。"

"但是你承继了他的事业，而且你们长得一模一样。"

他顿时与我熟络起来。"是家父协助你回来的？"

"是。"

他露出钦佩的神色来，像是向他父亲致敬，心向往之，过一会儿才回过神来。

"我一直在想，是哪个科学家协助你与我们通信，是谁使你不损毫毛地回到二〇三五年，原来是家父。"他自豪地说，"我太高兴了。"

我疑窦顿生："其他的人呢？"

"什么？"

"那些掉进时空洞穴，却又没运气碰见小纳尔逊准将的人呢？"

他不语。

"他们都死了吧?"

"小姐,你问得太多了。"

"你们没把握接引他们,但有足够力量摧毁他们。"

纳尔逊的面色变得很难看,一会儿青,一会儿白。

"成事不足,败事有余。"

"人类的进步一定自科学实验而来。"

"呵,是,牺牲一些平凡的生命不算一回事。"我愤慨地说。

纳尔逊忍无可忍。"你又损失了什么?手术之后,一切恢复正常,你不会记得发生过什么。"

方中信,要我忘记方中信,万万不能,我握紧拳头。

"纳尔逊,我有一项请求。"

"请说。"

"你可否网开一面?"

"不可以。"

"为什么?"

"你知道太多,把你所知的宣扬出去,会构成某种危机。"

"我不会说一个字。"

他摇头。"谁会冒这个险?"

"你可以读我的记忆,我不能够瞒你——"

"我亦不过照上头命令办事。"

"纳尔逊！如果令尊也像你这般公事公办，我根本回不来，早已成为他们实验室的活标本。纳尔逊，看令尊的面子也不行？"

"小姐，我已经同你说得太多，你要这段无用的记忆来做什么？我不明白。"

我悲哀地说："我不怪你，我们这一代，早已忘记温情。"

他叹一口气。

我看着他，失望地说："你不像你父亲，他是个热诚的人。"

"是，"他说，"在一次升空实验的意外中，为着救同事，他奉献了自己的生命。"

他不再说什么，按下传话器，叫助手进来。

我也不再挣扎，绝望地瑟缩一角，任由宰割，感觉如实验室中的白老鼠。而失去希望，比任何剧痛的感觉更可怕。

我睁大眼看着纳尔逊，他不敢与我眼神接触，别过头去。

助手熟练地抓住我的手臂，替我注射。我在心里面暗暗地说：老方，再见。

我闭上眼睛。

助手向纳尔逊说："可以开始了，组长。"

"慢一慢,我想读一读她的记忆。"

"好的。"

我渐渐堕入黑暗中,待我醒来,一切痕迹都会消失。我苦笑,老方,真对不起你,枉你待我一片真心,可惜明天若有人问起你,我会茫然,说不认识你。

唉,人类进步得连保留一点回忆的资格都没有了。

我喃喃念着方中信的名字,作为最后的怀念,直至失去知觉。

故事并没有完。

要是真的忘记一切,又如何写下这么多细节,叙述过去四十五天中的遭遇。

先听见丈夫的声音。

他说:"叫她不要开快车,肯听吗?当然不,偏要玩帅,出了事,叫大家担惊受怕,没觉好睡。"

我微笑,是吗,阁下害怕吗,阁下曾经失眠?如果有,就不会用这种语气说话。

接着是母亲的声音:"到这个时候还说这种话?算了,待她复原,我会劝她几句。"

失事,是的,生命大道上的错误,我们每个人都是生命大道上的车，控制得不好，恨错难返。

我心中苦笑，看样子丈夫不打算原谅我。他从来是这样，抱怨挑剔责难，一向没有建设性的意见，专候我努力创新，然后他把握机会，逐件事批评得一文不值。

护理员开口："请不要在此争执，病人需要休息，现在请你们退出，叫孩子们进来。"

太好了，叫他们走，我不需要他们。很明显地，他们亦不需要我。我懒得睁开眼睛，同他们打招呼。

不过，这样做对母亲也许是过分了，我心中某处牵动，不知怎的，竟轻轻唤她："妈妈。"

她已扭转身子，闻见叫声，转过头来。

"孩子。"她走到床边。

我心喜悦，凝视她面孔。

奇怪，从前听见母亲唤我，老是生出"又怎么啦"的感觉，今天听见"孩子"这两个字，却十分感动。

有许久我没有仔细地看她的面孔，在窗下明亮的天然光线中，我发觉她很是憔悴，衣服式样过时，脸上的妆太浓，头发上的染料需要添补了。

"妈。"我伸出手来。

她有点喜出望外:"什么事?"

"你好吗?"我握住她的手,"为何这样忧虑?"

母亲看着我笑。"这孩子,可不是糊涂了,反而问我好不好。"她一笑之下,眼角的皱纹如一把扇子似的展开,嘴边肌肉形成小袋,都松下来。脖子上的皮肤是层层小皱褶,胸口上有许多痣。她竟这么老了,怎么以前没有注意?

我呆呆地看着她,她几岁?五十多。一个人到五十余岁就会变成这样?

"孩子,你觉得怎么样?没有不舒服吧,要不要见见弟弟与姐姐?"

"要要要,"我说,"请他们进来。"

母亲一怔,笑说:"你倒是客气起来了。"

从头到尾我没有同丈夫说一个字,感情坏到这种地步,理应分手。这是下决心的时候了。

弟弟扑上来,姐姐跟在他身后,抢着叫妈妈。

我展开笑容,一手一个抱住。

他们虽然已经不小,但身体仍然比大人柔软,一点点空隙,便可以钻进去,似小动物般孵在那里不动,此刻在我的臂弯里,温柔且舒适,嘴巴不住地动,叽叽呱呱诉说别离之情。

护理员笑着请他们肃静。

我问他们:"妈妈进医院有多久了?"

姐姐推开弟弟:"四十五天。"

我吃一惊,伤在什么地方?我检查四肢。

母亲说:"你脑部受震荡,昏迷不醒。"

我惊出一身冷汗。

"看你还敢不敢开快车?"

"不敢了。"

"明天来接你出院。姐姐弟弟,过来,别烦着妈妈,我们先回去了。"

"再见妈妈。"孩子们依依不舍。

在房外,母亲同我丈夫说:"她今日恁地好脾气。"声音虽细,我还是听见了。

丈夫没回答。

我觉得非常疲倦,闭上眼睛。明天出院,第一件事便得与工作单位联络,这几十天来,他们一定用了替工。我最后记得的事,是车子冲下悬崖,竟侥幸没事,可谓命大。

车子一定撞成一块废铁了。也许该改一改飞车恶习,年纪已经不轻,不能再为所欲为。

护士来替我注射营养素,她问:"要不要听书?最近有两本非常动人的爱情小说,不少同事听得落下泪来。"

爱情小说,多么可爱。

令许多人感动的小说换句话讲即通俗作品。

没有人看的小说才是艺术作品。

我要不要同他们一起落泪?

我轻轻摇头,精神不够。

"看电影或许?"她又问。

"我还是休息的好。"

"医生稍后会来替你做最后的检查。"

"谢谢你。"

她笑着退出。

我靠在枕头上呆很久,思想一片空白,没有什么心事,便安然睡去。

医生来了又去了,他检查医疗仪器,很满意地说:"她已百分之百痊愈。"并没有叫我起来。

十

我是不得不回来。
我是不得不走。
我们是不得不被拆散。

第二天一早丈夫来接我。我跟着他回家。

要拣个适当的时刻同他提离婚的事,办妥这件事,大家好松口气。

路上一句话也没有。

过很久想起来问:"我那辆车子的残骸呢?"

"已经发还,堆在车房里。"

"是否变成一团烂铁?"

"你自己去看吧,它是孩子们的最新玩具。"

停一会儿我说:"住院期间,给你增添不少压力吧?抱歉。"

他愕然,看我一眼,不出声。

"到家了,"我欢欣轻快地、急不可待地叫出来,"姐姐弟弟,还不过来欢迎妈妈?"

他们在门外玩小型飞行器，一听见我呼唤，丢下玩具，奔跑过来。我下车拥抱他们："喂，今天有什么节目？"

姐姐即时问："妈妈有什么好主意？"

"你们有无玩过寻宝游戏？"

弟弟睁大眼："听说过有这个玩意儿，因为复杂的缘故，已经不大有人玩了。"

"我们今晚就开始玩，先让我来安排晚餐。"

七手八脚进厨房，看见一大堆蔬菜，大概是他们买来调剂胃口的。

丈夫跟进来："你……做饭？"无限讶异。

我咬一口苹果，放下，心中也有点奇怪，有许多重要的事待办，怎么先钻进厨房？既来之，则安之，做好菜再出去。

"你没有不妥吧？"丈夫问。

我回过神来："没什么。妈妈呢，她几时来？"

"我在这里。"厨房窗口传来她的声音。

我探头出去笑。"正在牵记你，快进来！"

她换了一套衣裳，领子上别着一向喜爱的装饰品，我抹干手，替她拉一拉前襟。

"这只胸针真有趣，配什么都好看。"

母亲诧异地说:"你一直说不流行了。"

"是吗,"我想一想,"它很别致。"

母亲笑:"出院后你细心了。"

"得到充分休息,当然比较有闲情逸致。"我叹口气,"平常忙忙忙,累得慌累得哭,自不免毛躁点。"

"你可以辞职。"母亲说。

"真是饱人不知饿人饥,辞工,"我笑,"不用生活乎?"

"至少告长假。"

"嘿,这次放完假,还不知是福是祸,也许图书馆觉得替工比我能干,我就失业。"

母亲也承认:"真是的,竞争多大。"

我正在把餐具摆出,深觉讶异。奇怪,从前从不与母亲讨论私事,如何今日竟与她絮絮而谈?

但谈话令母亲高兴,她捧着饮料,精神奕奕,说个不停。

食物令孩子们满意。稍后我们开始游戏,我偷偷将一枚糖果与一枚铜币包在锡纸内,藏到车房的空油漆罐内,叫孩子们去寻找。

一路上我会给他们适当的提示,到紧张关头,甚至会发出警示。

这足可以使他们忙一个下午。

弟弟不住说:"哗,有趣极了,多么刺激!"

姐姐问:"是可以吃的东西吗,找到后有什么奖品?"

丈夫开头也参加与孩子们一起寻找,一小时后,他放弃,到工作间去休息。

母亲说:"你们家好久没有这样和洽热烈的气氛了。"

我也记得这个家并不算美满,大人一直吵架,小孩无聊寂寞。我惭愧地笑一笑,不语。

孩子们找到睡房去,天翻地覆,做地毯式搜索。我哈哈大笑。

丈夫闻声出来,一脸问号。

母亲说:"真不相信,往日你都不让他们踏进房间半步。"

是吗,我竟那么不近人情?

我拍着手掌。"孩子们,摸错途径了,宝藏并不在这里,再给你们一个提示,注意:禾草盖珍珠,废物堆里寻。"

弟弟与姐姐哇一声跑到地下室去。

连妈妈都摇头:"闹得过分。"

"我倒觉得他们很快活。"丈夫说。

我看着丈夫,这是好机会,有什么话该说。

我同母亲说:"妈妈,你能回避一下吗?"

母亲知道我们要讨论大事,叹口气。"我先回家。"

"明天我去看你。"

我把她送出门。

丈夫自然也有数,我们坐下来,趁孩子不在跟前,我很文明地说:

"我们不如分手吧。"

他也特别平和:"好的。"

"谢谢你,我马上去进行这件事。你有无特别条件?"

他想一想。"没有。你呢?"

我摇摇头。

"你知道吗,如果我们一直这样心平气和,婚姻可以维持下去。"

我低下头。"我认为还欠一点点。"

"你又孩子气了。"

"或许是。我们不必再为这个问题争执,既然双方决定和平解决,再好没有。"

会议结束,心如止水。

我与上司联络过,下个月复工。

意外过去，生活如常，不知怎的，闷得要死。

黄昏的时候，孩子们终于寻到车房，我发出呜呜的紧急报告，他们欢呼，知道找对了地方。

弟弟跑出来问："这是什么？"拿看黑色的塑料碟子。

"软件，"我说，"是老式电脑的一种零件。"

"不，"丈夫说，"是唱片。"

我说："老天，连我都没见过。"

弟弟说："我要继续努力，不能让姐姐得胜。"他奔开。

丈夫接过。"至少有五十年历史。"

我看着碟子上陈旧的标签："《渴睡的礁湖》？这是什么鬼？"

"一首歌。"丈夫答。

我笑出来。"一首歌叫《渴睡的礁湖》？品位惊人。"

"他们那时候的歌名的确好不骇人，我记得有一首叫《我在欲火中》，又有一首叫《你认为我性感吗》。"

"哎呀呀。"我掩住嘴。

丈夫忽然握住我的手。"如果我们可以什么都谈，何必分手？"

我温和地说："保证不到三天又会吵起来，我们不是同路人。"

他颓然。

我把唱片搁一旁。"能不能弄部机器来听一听?"

"要到古玩店去找。"

忽然听得孩子们大叫:"找到了,找到了。"

我立刻站起来。"游戏完结,我要去颁奖。"

走到车房,只见弟弟手中高举一锡包,姐姐跳跃着去抢。

骤眼看的确很像,但是走近就觉得那包太大,约莫有二十公分[1]乘十二公分。

我笑:"这是什么?继续努力,不是它。"

弟弟把包一手扔给我,又去找。

我把那包包拿在手中,心生异样之感,称一称,又不太重。

"在哪里找到的?"

姐姐指一指。

啊,这不是我的车子?车头凹扁,毁坏得很厉害,一扇门落了下来,夹层破裂。孩子就是在那里找到锡纸包的。

我问:"你们割破的?"

"反正是废物,"弟弟说,"我们获奖心切。"

---

[1] 公分:1公分=1厘米。

谁把这包东西放在那里的？不是我。

它是什么？

我把它拿到睡房，缓缓拆开。

包里做得极仔细，总共三层，拆到最后，是一只纸盒子，上面印有朵朵的玫瑰花，美丽精致。

这到底是什么？从没见过类似的东西，但可肯定不是危险品。

盒盖还没打开，已闻到一阵香味。

这种味道非常陌生，十分甜，十分馥郁，纱纱然自盒内钻出，似勾住我的灵魂。

我顿时失魂落魄，手颤颤打开盒子，盒子内还有层白色透明的牛油纸隔住。

牛油纸上面烫着金字：方氏糖厂。

糖？什么糖是这样子的？

掀开薄纸，放到鼻端一闻，香人心脾，忍不住取过一块放入嘴里。即使是毒药也不怕了。

糖一入嘴即融，钻入味蕾，如丝绒般滑溜甜美。奇怪，这滋味似曾相识。

谁把这糖果放在烂车的门内？

像是知道,又不十分记得起来。

整个人如堕入破晓时分,似有一丝金光透入浓雾,竭力但却看不清楚。

忍不住又吃一块糖,这一小盒子容量不大,可不经吃。

就在这个时候,片断记忆忽然浮现。我知道它是什么了,这种糖叫巧克力!因可可绝种而停止生产。

方中信,有一个人叫方中信,他是糖的主人。

我用手掩住嘴,方中信,我霍地站起来,是他把糖藏在那里。他死心不息要对我好,即使我来到另一个世界,他还设法照应我。

我都想起来了,是糖唤回记忆,不不不,不是,是纳尔逊。他暗中使了手脚,保留我的记忆,瞒过他的同伴,遣我出院,全人类只有他知道我保留着前世的记忆。

我恐慌,四肢冰冷,不知把这些非法的记忆收在什么地方才好,心突突地跳,半晌回过神来,才觉得心如针刺般痛。

纳尔逊说得对,这些记忆对我无益。

夫人也这么警告过我,是我苦苦哀求他们让我保留回忆。

我凄酸地想,不要后悔,千万不要懊恼,小心翼翼地看护这些珍贵的记忆。

我握紧双手，开头不晓得该怎么做，过了半晌，镇静下来，捧住巧克力糖深深嗅一下，收到抽屉里。

纳尔逊终于答允我的要求，或许出于同情，或许因为他父亲的缘故，他帮了我一个大忙。

我淡笑，他同他爹一样活泼机智，父子同样是了不起的人物。

孩子们这时闯进来。"唏，终于找到了。"手上高高拎着铜币。

我连忙说："了不起，让我看，你们要什么奖品？"

弟弟与姐姐对望一下，不约而同地说："请妈妈有空常常这样同我们玩。"

"一定一定。"我说。

他们欢呼，跳着出去。

我看着窗外，怔怔地落下泪来，心中尽是过去的人过去的事。这个月亮不是那个月亮，这里的晚上没有月亮。

我一整夜伏在桌子上，直到太阳升起。

丈夫进来，看到我，意外地问："这么早？"这种语调，已算难能可贵。

我勉强笑一笑。"失眠。"

"要不要看医生?"

"我没事。"

"自己当心。"他已经仁至义尽,耸耸肩忙自己的事去了。

我吞一口苦水,再一口苦水。

回来了,终于回来了。

不只身体回来,记忆也回来。

纳尔逊本来已将我的胡思乱想完全洗净,使我成为一个正常健康的女子,我甚至比从前温柔驯服,有兴趣走到厨房去。连丈夫都觉得,如此配偶,不是不可以共度一辈子的。

家人都发觉我变好了。

刚刚在这个时候,因为一盒糖果,唤回从前的我。

我震惊地呆坐。

五十年就这么过去了,物是人非。在他们那里,我不知如何着手寻找母亲。现在回来,我又不知该如何重新适应。

不是每个人都有机会经历这么痛苦的考验。

我伏在桌子上,每条神经抽得紧绷绷,痛苦得透不过气来。

然而经过这四十五天的旅程,我成熟了,我学会沉下气来,咬紧牙关死忍。

必须见一步走一步。

我出去问丈夫："我能借用你的车？"

"它是辆慢车。"丈夫笑。

"我只不过到母亲家去。"

"小心驾驶。"

"多谢关心。"

孩子们还在床上。我轻轻抚摸他们额上的接收器，不过似一粒血红的痣，但愿他们的思想永远不会被截收。

姐姐醒了，轻轻叫我。

我顺口叫一声爱梅，立刻怵然而惊，住口不语。

随即拍姐姐的手背，嘱她继续休息。

我出门去看母亲。

她在园子里休息，人造草坪如张绿油油的毯子，不知怎的，衬托得她更加寂寞。

"妈妈。"我走过去。

"你果然来了。"她有些惊喜。

我紧紧握住她的手，这才是爱梅呢。

"怎么会有空？我以为你只是说说。"

"以后都会很空，我会时时来探望你。"

母亲十分意外:"你?"

"该有一个转变,"我歉意地说,"想多陪你。"

"进来坐,慢慢说。"

她的手也已经老了,手背上有黄斑,指甲上有直纹坑,一切都表明她是个老妇,皮肤亦在手腕处打转。

我忍不住再叫她一声:"妈妈。"

"你怎么了,"她笑,"出院以来,像换了个人似的。"

"把这只胸针的故事告诉我。"我步入正题。

"你都不爱听。"

"我爱,请你告诉我。"

她听出我语气中之迫切,深觉奇怪。

"是一位阿姨送给我的。"

"她叫什么名字,还记得吗?"

母亲点点头。"她碰巧也姓陆,叫陆宜,所以我把这个名字给你,纪念她。"

"她在什么地方?"

"一早去世了。"

"谁告诉你的?"

"她的丈夫方先生。"

我的心牵动，硬生生吞下热泪。

"对了，告诉我，是否就是这位方先生把你带大的？"

"不，不是方先生。"母亲叹口气。

我紧张起来，难道方中信背弃了诺言？

"发生了什么？"

母亲笑，皱纹在额角上跳舞。"陈年旧事，提来做什么？"

"不，我要听。"

"怕你烦得像以前那般怪叫起来。"她说，"我替你去做杯茶。"我怎么会在这种要紧关头放开她："妈妈，快说下去，方先生怎么样？"

她只得坐下来。"方中信先生不到三年就跟着去世了。"

我失声："好端端怎么会？"伤心欲绝。

"你脸都白了，"母亲惊异，"这是怎么一回事？"

我连忙别过头去。"那位方先生是个好人。"

"好人也不见得活一百岁。"

"他得了什么病？"

"后来听监护人说，是癌症。"

我呆呆地靠在椅子上，不敢在母亲跟前露出蛛丝马迹，一句话也说不出来，苦如黄连。

"好人总是早逝世。我是不折不扣的孤儿,失去父母之后又失去方叔,唉。"

"后来谁做你监护人?"

"是一位老律师。"

"方先生没有亲人?"我想起他的妹妹。

"有一位妹妹。"

"她怎么样了?"

"咦,这些几十年前不相干的事,你知来做甚?"

"妈妈,请别卖关子,快告诉我!"

"她结了许多次婚,都没获得幸福,后来结束生意,移民外国,在异乡去世。"

我怔怔地靠在安乐椅背上,听母亲说方家旧事。

三言两语就道尽他们的一生,仿佛乏善足陈,像小时候看漏了部精彩的电影,心焦地问旁人:后来怎么样?坏人有没有得到恶报?美女有没有嫁到英俊小生?

但那个在场的观众永远词不达意,无法把剧情扼要地用言语演绎出来,急死人。

因为我不在场,不得不请母亲转告我,偏偏她不是一个懂得说故事的人。

我佩服说故事说得好的人，生动、活泼、有纹有路，人物栩栩如生，情节婉转动人……

我叹口气。

母亲说下去："那时我实在还小，记不清楚那许多。"

我疲倦而伤心地问："亦没有影像留下来吧？"

"没有，什么都没有。"母亲忽然说，"但有记忆，我心中永远怀念他们两夫妻。"

是的，记忆。

我已榨尽母亲的记忆，再与她多说也无用，这些年来，她重复又重复，不过是这些片段。

只听得她喃喃地说："方太太对我那么好，连幼童都感觉到她大量的爱，以后一生中，没有人爱我多过方太太。"

"妈妈，我也爱你。"我冲口而出。

她微微一笑，不予置评。

"我从前粗心不懂事，妈妈，现在开始，我会好好地爱你。"

她诧异："怎么忽然孝顺起来，倒有点肉麻兮兮的。"

我深深叹息。

"你们年轻人事忙，疏忽亲情，也逼不得已。"

"妈妈，你记得方太太的相貌吗？"

"她长得好美。"

"你那么小都记得？"

她肯定地点头："再美没有了。"

"像谁？"

"像圣母马利亚。"

"像不像某个身边的人？"我暗示她。

"怎么会，没有人如她那么端庄美丽。"她不以为然。

"像不像你？"我已说得很露骨。

"不像。"

"像不像我？"我实在急了。

母亲笑出来。"你在为母的眼中，也算是美的了。"

"不不不，方太太是不一样的。"母亲说。

"一点也不像？"我说。

"你那么毛躁……"她看着我。

母亲已把"方太太"神化了。在她心目中，方太太至圣、至美、至善，无人能及。

我不过是她粗心、慌忙、心不在焉的小女儿，她怎么会相信我就是方太太，方太太就是我。

方太太是她的信仰。

我握住母亲的手,怜惜地说:"以后我们要多在一起,我会常来探望你。妈妈,要不要我搬来同你住?"

"同我住?"母亲愕然,双手乱摇,"不要开玩笑,咱们两代人,思想以及生活方式都大不相同,没有可能相处,万万不能同住。"

她拒绝我?我哑口无言。

满以为能够补偿她,谁知她已习惯一个人生活,自给自足,不再希冀在任何人身上获得照顾爱护,多么悲哀。我们迟早,都会被环境训练得硬如铁、坚如钢。

我无话可说,太迟了。

"这两天你真是怪怪的,"母亲赔笑,"不是有什么不妥吧?"

我呆视窗外。"母亲,方先生的墓……"

"在本市,我每年都去扫墓。"

"我想去。"

"同你有什么关系?刚出院,热辣辣的天气,日头一照中了暑怎么办好。"

她还是把墓址告诉我了。

我是即刻去的。

感觉上总以为他刚落葬,其实已有四十余年,墓木已拱。

青石板上全是青苔,墓碑字迹已经模糊。

我手簌簌地抖,蹲下去,伸手摸索,上面写着"方中信"字样,一九五五——一九八八。

旁边还有一行小字,慢着,是什么?我把脸趋向前去看,这一看之下,三魂不见了七魄,原来碑上刻着:宜,我永远爱你。

方知道我会找到这里,他知道我会看到这行字,他知道。

我额角顶着清凉的石碑,号啕大哭起来。

我是不得不回来。

我是不得不走。

我们是不得不被拆散。

我今生今世,被汝善待过爱护过,于念已足。

我泪如雨下。

在这偏僻的墓地,也无人来理我,我躲在树荫底下,不知哭了多久,只觉得气促头昏,四肢无力,也不愿站起来走。世界虽大,仿佛没有我容身之地。没有方中信带领我,我不知何去何从。

跪在石板地上,直至膝头发麻,天色暗下来,我不得不走了。而且还不能把悲伤太露，以免被人知道我的秘密。

我蹒跚地回家。

姐姐在窗口张望，一见我，立刻奔出来，给我带来一丝金光。"妈妈，"她吃惊，"你怎么一身泥斑，怎么了？"

"我摔了一跤。"我低声说。

"哎呀，让我帮你。"她扶着我。

我心一动，捧起她的脸。她双眼明亮如玻璃珠子，似要透视我的脑海，阅读我的思想。她是我的女儿，我还来得及爱她关注她，莫错过这个机会，要抓紧姐姐，趁还来得及。

我淋浴，她在浴帘外陪我有一搭没一搭地说话。

我问："你们的父亲呢？"

"在书房里，好些时候没出来。"

"弟弟呢？"

"做他助手。"

热水撞在脸上，我顺过气来，啊，我的生命还有一大截呢。"你手上有多处擦破。"姐姐提醒我。

"是的。"

"妈妈。"

"什么？"

"你与爸爸要分开?"

我一怔,心想也到向孩子们摊牌的机会了。"是。"

我看不到她的表情,她没说什么。

我试探地问:"失望?"

女儿成熟地答:"我们也猜到了,你与爸爸吵了许多年。"

我说:"现在不吵了,分手的时间也到了。"

心死了,完全没必要再说多一个字。

从方中信那里,太清楚地知道爱是怎么一回事,对于次一等二等三等的感情,根本不屑一顾。

我闭上眼睛。

"妈妈。"

"什么?"

"你仍然爱我们?"

我拉开浴室帘子,把她抱在怀中。"我爱你至地老天荒,十二个永不。"

姐姐和衣淋得湿漉漉,哧哧笑起来。

我再不肯放开她,母女俩痛痛快快一起洗了个澡。

我所有的,不过是她;她所有的,也不过是我。

拖了很久的棘手事一下子办妥。

母亲获知我们离婚的消息大不以为然,又无可奈何,烦言多多。换了平时,我早已发作,叫她不用多管闲事。

但如今,我已知道她是小爱梅,说什么就是什么吧,教训我吧,责怪我吧,抱怨我、啰唆我,都不要紧。

姐姐偷偷在我身边说:"外婆的话真多,可以一直不停地说下去,不觉得累。"

我微笑。

"妈妈你耐心真好。"

我握着姐姐的手,同她说:"将来妈妈老了,你对妈妈,也要这般好耐心。"

姐姐意外地说:"你不会那么快老。"

"很快就老了。"

"不会的,还要过好多年。"她说着有点害怕起来。

我拉一拉母亲。"来,憩一会儿再骂我。"

"骂?我哪儿有空骂你!"她十分气恼,"你别以为我喜欢说你,实在是怕你不像话。"

小爱梅、小爱梅,你知否一无用处的女儿就是你的方阿姨?

我神秘而凄凉地笑了。

母亲被我笑得不好意思，只得作罢。

姐姐说："外婆你看公园的景色这样好，快别生气。"

母亲转嗔为喜。"还是姐姐乖，唉，想我们小时候，什么都不懂，像一团饭。如今的小孩精乖得多，来，咱们到鱼塘那边去。"

我一个人坐在树荫里，只觉这里的鸟不语花不香。母亲抱怨得对，不过她小时候也是个精灵儿，并不比姐姐差。

我陷入沉思中，一半凄酸，一半甜蜜。多谢纳尔逊，不然我无事可思，我无事可想。

"小姐？"

我抬起头。

是一个穿汽车司机制服的年轻人，笑容很好。

"小姐，我们夫人请你过去一会儿。"

"你们夫人是谁？"我愕然问。

"她说，你们是老朋友了。"

我心一动。

"她说你会乐意见到她。"

这些日子来，我思绪一直似在迷离境界，如今被他这样一说，更加恍惚起来，如着魔一般，不由自主地站起来。

"带我去。"我说。

"在这里。"他礼貌地带引我。

他带我走到树荫深处,一位老太太坐在长凳上,正在看鸟儿啄食。

她的满头白发似银丝一般,腰板再直,也略见佝偻。说母亲老,她看上去又老一大截,大约人老到最老,不能再老,就该是这个样子了。

不过她还健康呢。

见到我,她满脸笑容地转过头来,面孔上除了皱纹,仿佛没有其他,但却是张可爱的脸。

"陆宜。"她亲切地唤我。

我张大着嘴,她的轮廓十分熟悉,我认识她!是,我知道她,她是我仰慕的那位夫人,我奔过去。

"陆宜,你回来了。"

"夫人!"

"来来来,坐在我旁边,有话慢慢说。"

她待人更热情诚恳,我如他乡遇故知,拉起她的手,贴在面颊上,再也不放。

八十多岁的老太太了,很瘦很小,身子似缩水,但精神却好。她声音比从前沙哑得多:"别害怕,别害怕,唉,人一老到某个程度,会吓人的。"

"不不,夫人,你在我心目中,永远美丽如白芙蓉。"

"呵呵呵,陆宜,你在方中信处学来这一套油腔滑调?"

提到方中信,我黯然垂头。

"别难过,你令他快乐过,那才是至重要的。"她拍着我的手。

我略为振作。"夫人,那位先生好吗?"

"好,他怎么会不好。"夫人笑。

我也微笑,我们都知道那位先生的性格。

夫人比从前更开朗更具童心。

"他的心与脾都换过了,前天才随大队出发到月球宁静海开会。"

"他真是没法停下来。"

夫人摇摇头,双目中充满怜爱。

她爱他,这许多许多日子来,她都爱他。

真幸福,两人可以白头偕老,活到现在。

我大胆地、轻轻替夫人拨动耳畔之银丝。

朝如青丝暮成雪。

我问:"夫人,你怎么找到我的?"

"纳尔逊三世与我们一直有来往。"

"是的,他帮了我一个大忙。"

"他为你担了很大的干系。"

"是,我知道。"

"他令你一部分的脑细胞暂时麻痹,瞒过仪器,放你记忆归原。"

"我很感激他。"我由衷说。

"他说他读了你的记忆,被你感动……他认为这是你私人的记忆,与国家大事完全无关。况且你又是他父亲的朋友。"

我点点头。

"你要好好保守这个秘密。"

"是。"

夫人叹口气,抬头眯着眼睛。"陆宜,你觉不觉得,天气越来越坏了?花草树木都受影响。"

"一定的,以前我们那里,空气不知多好,山明水秀。"

湖如明镜,在星光下,可以感觉到一头一脸醉人的花香,与相爱的人在一起,一寸光阴一寸金。

夫人随即说:"老了,老了就会怀旧。"

"不,夫人,确实比现在好。"

她又呵呵地笑。"令堂无恙?"

"她很好,谢谢。"

这个时候,有一位老先生急急朝我们走来,挥舞着手杖,我从没见过走得如此快的老翁。

我不用猜也知道,这是那位先生到了。

我连忙站起来,想去搀扶他。

他瞪我一眼,闪开,好一个顽皮的老人家。

夫人说:"你瞧瞧这是谁?"

他定睛留神看我:"你!"

"是我,是陆宜。"

他怪叫起来:"你倒是驻颜有术!"

我啼笑皆非,又不敢出声,毕恭毕敬地站着。

"唏,"他说,"老原念念不忘于你,到处找你,这家伙对你一见钟情,可惜他今年已是个七十岁的老头子,来不及了。"他惋惜地摊开手。"老原一生都得不到的爱。"

夫人笑着责怪说:"你看你为老不尊的样子。"

他哈哈笑起来,像是把世上一切都看破,了无牵挂。五十年前,他正在尴尬阶段,如今大彻大悟,无色无相。

"来,"他对他夫人说,"我们走吧,别理这些娃娃。"

"夫人，"我追上去，"我——"

司机已礼貌地把我挡住。

我住了嘴。

不应太贪心了，已经见过面，够了。

夫人转过头来，对我露出嘉许的目光。

我回到原来的长凳上去，心如明镜台。

"妈妈——"姐姐跳着回来，拖长声音叫我。

我搂着她。

"妈妈，有一件事我想告诉你。"

"什么事？"

"你先答应我不要生气。"

"不，我绝不生气。"

"妈妈，昨日我闻到你抽屉中有香气，打开一看，见有一只盒子，又打开盒子，发觉一块块胶泥似的东西。我觉得它们是可以吃的，于是吃了一点点。妈妈，那是什么？我从没吃过比这更好吃的东西。"

"有没有告诉别人？"

"没有。"

"永远不要告诉任何人。"

"为什么?"

"因为你偷吃了提奥庞玛,诸神的美食。"

"妈妈,这是一个故事吗?告诉我。"

"我会的,有时间我会告诉你,现在外婆在叫我们了,我们过去吧。"

"外婆真唠叨。"

"嘘——外婆小时候,同你一样可爱。"

"会吗?你又没见过。"

"你老的时候,会比她更啰唆。"

"不不不不不。"

啊——爱梅,是是是是是是。

姐姐,是是是是是是。

© 本书简体字版经香港天地图书出版有限公司授权出版，如非经书面同意，不得以任何形式复制、转载。本书仅限中国大陆地区发行、销售。

© 中南博集天卷文化传媒有限公司。本书版权受法律保护。未经权利人许可，任何人不得以任何方式使用本书包括正文、插图、封面、版式等任何部分内容，违者将受到法律制裁。

图书在版编目（CIP）数据

朝花夕拾 /（加）亦舒著. -- 长沙：湖南文艺出版社，2022.1
ISBN 978-7-5726-0404-1

Ⅰ.①朝… Ⅱ.①亦… Ⅲ.①长篇小说—加拿大—现代 Ⅳ.① I711.45

中国版本图书馆 CIP 数据核字（2021）第 208875 号

上架建议：畅销·小说

ZHAOHUA XI SHI
朝花夕拾

作　　者：[加] 亦舒
出 版 人：曾赛丰
责任编辑：匡杨乐
监　　制：毛闽峰
策划编辑：李　颖　陈　鹏　肖雅馨
特约编辑：王　静
营销编辑：刘　珣　焦亚楠
版权支持：姚珊珊
封面设计：尚燕平
版式设计：李　洁
出　　版：湖南文艺出版社
　　　　　（长沙市雨花区东二环一段 508 号　邮编：410014）
网　　址：www.hnwy.net
印　　刷：三河市兴博印务有限公司
经　　销：新华书店
开　　本：875mm×1230mm　1/32
字　　数：146 千字
印　　张：8.5
版　　次：2022 年 1 月第 1 版
印　　次：2022 年 1 月第 1 次印刷
书　　号：ISBN 978-7-5726-0404-1
定　　价：49.80 元

若有质量问题，请致电质量监督电话：010-59096394
团购电话：010-59320018